소원잼잼장르  07

요괴 수호자

초판 1쇄 발행 | 2024년 12월 10일

글 | 윤혜경   그림 | 송효정
책임편집 | 양현석   책임디자인 | 강연지
편집 | 한은혜 · 양현석   디자인 | 강연지 · 김보경   마케팅 | 한소현   경영지원 | 유재곤
펴낸이 | 이미순   펴낸곳 | (주)소원나무

주소 | 경기도 고양시 덕양구 으뜸로 110 힐스테이트 에코 덕은 오피스 2동 603호
전화 | 02-2039-0154   팩스 | 070-7610-2367
등록 | 제2021-000180호(2021.09.30)
제조자 | (주)소원나무   제조국 | 대한민국   대상 | 8세 이상

ISBN 979-11-93207-62-8 74800
세 트 979-11-982993-0-7 74800

ⓒ 윤혜경 · 송효정 2024

소원나무는 한 권의 책 속에 우리의 꿈과 희망을 소중하게, 정성스럽게, 웅숭깊게 담아냅니다.

독서활동자료

소원나무 홈페이지

요괴 수호자

윤혜경 글 ┃ 송효정 그림

소원나무

차례

1

외돌토리 공탁

공탁은 겨우내 버석하게 마른 남산 기슭에 벌렁 누웠다. 사방에서 불어오는 바람은 차가웠지만, 봄볕은 꽤 따사롭게 내리쬐었다.

"봄이 오긴 올까?"

동글동글한 양떼구름 한 무더기가 유유히 흘러갔다. 몽글몽글한 구름 사이에 뾰족하게 튀어나온 삼각 구름 한두 개가 유난히 눈에 띄었다. 그 모양새가 화가 잔뜩 난 아버지의 눈썹 같았다. 그 순간 공탁의 얼굴 위로 어두운 그림자가 드리웠다. 평소보다 눈썹이 더 치켜 올라간 아버지가 보였다.

"나한테 신통한 힘이 생겼나 봐! 생각만으로 아버지를 나타나게 하다니! 아니면 지금 내가 꿈을 꾸고 있나?"

공탁이 커다란 눈을 끔벅거리며 중얼댔다.

"공탁, 네 이놈!"

곧 아버지의 불호령이 떨어졌다. 쩌렁쩌렁한 목소리에 사방이 흔들렸다. 산새들이 놀라 푸드덕 날아올랐다. 공탁은 벌떡 일어나 냉큼 무릎을 꿇었다.

"나라가 시끄럽고 위태로울수록 공부를 허투루 하지 말아야 할 것을! 장차 이 나라를 위해 일하려면 온종일 서책만 읽어도 될까 말까 하는 마당에, 산에서 허송세월을 보내고 있느냐! 도대체 네 녀석은 무슨 생각으로 사는 게야!"

"아, 저는 구름을 보며 아버지 생각을……. 근데 제가 여기 있는 걸 어떻게 알고 오셨어요?"

"시끄럽다, 이놈아! 당장 집으로 가자. 공부하랬더니 싸움박질이나 하고 다니질 않나, 서책 귀퉁이마다 쓸데없는 그림이나 그리질 않나. 정말 왜 그러는 것이냐!"

"아, 아버지! 잠시만요."

"너희는 공탁이 도망칠 수 없게 양팔을 단단히 잡아라! 저

8

놈은 말을 탈 자격도 없어!"

아버지는 공탁의 말을 들은 척도 하지 않고 하인들에게 명령했다. 하인들이 공탁을 사이에 두고 팔짱을 꼈다.

"아, 좀 놓고 가자. 절대 딴 데로 안 샐게."

공탁이 투덜대자 오른팔을 잡은 득보가 이리저리 눈동자를 굴렸다. 득보는 공탁이 사귄 유일한 말동무이자 하인으로 어려서부터 쭉 함께 지냈다. 행동이 굼떠서 늘 타박을 들었지만, 눈치 하나는 쓸모 있었다.

"도련님, 오늘 아침에 나리께서 월성궁에 다녀오셨어요. 갑자기 열린 회의라 급히 가셨는데 분위기가 안 좋았나 봐요. 나라 여기저기에서 나타난 도적 떼가 백성을 괴롭힌다는 소문에 다들 난리였대요."

득보가 공탁에게 가까이 다가가 속삭였다.

"그래서 저렇게 화가 나신 거야?"

"그게 도적뿐만이 아니라 곳곳에 요괴가 나타나서 역병을 퍼뜨리고 먹을 걸 싹쓸이해 간다는 소문이 파다하다네요. 굶어 죽는 백성이 수두룩한 이유가 요괴 때문이라고요. 그런데 이야기 끝에 갑자기 마님 이야기가 나왔다지 뭐예요. 한 귀족 부인이 요괴를 부리다가 사라졌다고요. 그 소문이 저잣거리에 아직도 여전하다고요. 그 말이 끝나자마자 회의에 참석한 모두가 나리를 쳐다봤대요. 어휴, 분위기가 아주 살벌했다지 뭐예요."

"칠 년 전에 사라진 사람이 요괴랑 무슨 상관이라고! 그럼 사라진 사람들은 다 요괴라도 되겠네!"

"네네, 그러니까요. 아무튼 지금은 눈치껏 조용히 가자고요. 살살 잡을게요."

공탁은 유난히 축 처진 득보의 눈썹을 보고, 고개를 내저으며 발걸음을 옮겼다.

어머니와 헤어진 지 7년이 지났지만, 공탁은 어머니의 얼굴을 한순간도 잊지 않았다. 함께 붓을 잡았던 따뜻한 손과 공탁의 머리를 쓰다듬으며 웃던 모습, 맑고 고운 목소리로 흥얼거리던 노랫가락까지. 오히려 시간이 지날수록 어머니의 모습은 머릿속에 더 생생하게 떠올랐다.

어머니의 노랫소리를 떠올리던 공탁에게 낯선 아이들의 목소리가 점점 들려왔다. 주변을 둘러보니 예닐곱 명의 아이가 큰 소리로 노래를 부르며 공탁 일행을 뒤따르고 있었다.

신라는 이제 힘을 다 했다네

신출귀몰 요괴들이 나타나 백성을 잡아간다네

신라는 이제 요괴 나라가 된다네

신라는 끝나고 새로운 나라가 생긴다네

신묘한 힘으로 요괴를 다스릴 자 누구인가? 누구인가!

사람들의 시선을 끌어 뭐라도 얻어 보려는 굶주린 아이들이었다. 하인들이 무섭게 눈을 부라리자 아이들이 황급히 도망쳤다.

'신'에 힘을 주며 부르는 노래는 흥겨운 곡조와 달리 신라가 국운을 다해 곧 망할 거라는 내용이었다. 요즘 저잣거리에서 종종 들리던 가락이었지만 공탁이 가사를 제대로 들은 건 이번이 처음이었다. 공탁은 온몸에 소름이 돋았다. 하지만 아무렇지 않은 척 걸음을 재촉했다.

아이들이 사라지자 곧 행색이 허름한 노인이 공탁에게 다가왔다. 깡마르고 거친 손을 덜덜 떨며 내밀었지만 공탁은 애써 고개를 돌렸다. 아버지가 멀리서 매서운 눈으로 바라보고 있었기 때문이다. 득보가 주머니에서 말린 도라지 조각을 조심스럽게 꺼내 노인의 손에 쥐여 주었다. 노인은 고개를 두어 번 조아렸다.

한참을 걸어가니 금장식으로 화려하게 꾸민 기와가 보였다. 공탁이 집 앞에 도착하자 굳게 닫혔던 대문이 스르르 열렸다. 아버지가 앞장서 집 안으로 들어섰다. 마당에선 선유댁이 안절부절못하며 발을 동동 구르고 있었다. 선유댁은 뒤따라 들어온 공탁을 보고 치맛자락을 날리며 달려왔다. 선유댁이 풍기는 들풀 냄새가 공탁의 코끝에 스쳤다.

'어머니는 꽃향기가 났는데……. 남산에 가면 비슷한 향기를 맡을 수 있을 줄 알았지.'

"어휴, 도련님! 몸은 괜찮으세요? 마님만 곁에 계셨더라면 도련님이 이렇게 천덕꾸러기가 되진 않았을 텐데……. 어휴, 짠해라."

선유댁의 부산스러운 목소리에 공탁은 반나절 짧은 자유 시간을 끝내고 집으로 돌아온 걸 실감했다. 선유댁은 연신 소맷자락으로 눈물을 찍어 냈고, 공탁은 대답 대신 고개를 끄덕이며 설핏 미소를 지었다.

방에 들어간 공탁은 잔뜩 쌓인 서책을 보았다.

"이것들을 다 읽기 전엔 한 발자국도 나올 생각 말아라. 알겠느냐!"

아버지는 방문 앞에서 엄포를 놓았다. 공탁은 꽉 닫힌 방문에 기대어 작은 한숨을 내쉬었다. 팔찌에서 나오는 영롱한 빛이 점점 사그라들었다.

공탁의 어머니는 웃음이 해사한 사람이었다. 누구에게나 친절하고 다정했다. 어머니가 있을 때만 해도 대문은 항상 활짝 열려 있었다. 집에 들어온 사람은 누구나 배불리 먹고 두 손 가득 선물을 가지고 나갔다. 아버지는 늘 베푸는 어머니를 탐탁지 않아 했지만, 어머니가 쌓은 공덕으로 관직에서 승승장구한다는 말이 들리자 짐짓 모른 체했다.

공탁이 잠 못 들 때면 어머니는 종종 그림을 그리며 이야기를 들려주었다. 어머니가 그린 그림은 마치 살아 움직이듯 생생했다.

7년 전 어느 날, 어머니는 갑자기 자취를 감추었다. 공탁이 누리던 평범한 일상이 하루아침에 무너졌다. 고작 여섯 살이었던 공탁은 선유댁 품에 안겨 엉엉 우는 일 말고는 아

무엇도 할 수가 없었다.

공탁의 아버지는 어머니를 찾지 않았다. 오히려 집 안에 남은 어머니의 물건을 모조리 치워 버렸다. 아버지는 마치 어머니가 처음부터 없었던 사람인 양 모든 흔적을 지웠다. 하지만 아버지가 미처 치우지 못한 물건이 있었다. 바로 공탁이 늘 손목에 차고 다니는 팔찌였다. 어머니가 사라지기 며칠 전, 공탁이 조르고 졸라 어머니에게 받은 물건이었다.

대문은 굳게 닫혔고 집 안에 물건이 점점 늘어났다. 막강한 권력을 가진 아버지에게 들어온 뇌물이었다.

"이리 와서 이것들을 좀 보아라. 이 화병은 아라비아에서 왔다. 서라벌에 몇 개 없는 귀한 것이지. 이건 네 방에 두자. 광도 다 차서 더는 놓을 곳이 없어."

"네. 아버지."

"재력에서 힘이 나온다. 재력을 유지하기 위해서라도 글공부를 소홀히 하지 말거라. 알아들었으면 대답해야지!"

"……네."

시간이 흘러 어느덧 공탁도 열세 살이 되었다. 공탁은 아버지의 성화에 못 이겨 귀족 자제들과 함께 공부하는 모임에 참석했다. 공부를 명분으로 모여 혼란한 시기에 사리사욕을 채우려는 이들의 만남이었다.

"쟤네 아버지가 요괴를 부려 사람을 홀린대. 금은보화와 진귀한 서역 물건을 다 그런 식으로 모았다지. 더 높은 벼슬을 차지하려는 욕심에 부인이 질려서 도망갔다던데."

"내가 듣기론 도망간 부인이 인간이 아니라 요괴래!"

"헉, 설마……."

공탁이 방에 들어서자마자 아이들이 수군댔다.

"쥐도 새도 모르게 사라졌다잖아. 공탁 저 녀석을 좀 봐. 살빛이 하얗다 못해 푸르스름하잖아. 왜, 밤마다 요괴가 나온다는 마을이 있다고 하지 않았어? 혹시 저 녀석이랑 관련 있는 거 아니야?"

"닥쳐!"

공탁이 자리에서 벌떡 일어나 소리를 지르며 주먹을 휘둘렀다. 수군거리던 아이들 중 하나가 바닥에 쓰러졌다. 양쪽 콧구멍에서 피가 주르륵 흘렀다.

"쌍코피다! 밖에 누구 없느냐!"

벌컥 방문이 열리고 하인들이 우르르 들어와 공탁을 끌고 나갔다.

공탁은 결국 그곳에서 쫓겨났다. 아버지에게 억울함을 토로했지만, 아버지는 되레 참지 못하고 주먹을 휘두른 게 잘못이라며 공탁만 나무랐다.

"너의 부주의한 행동이 소문을 사실로 만든다는 걸 왜 몰라! 어리석은 놈!"

"그럼 말도 안 되는 소리를 그냥 듣고만 있어요? 어머니가 진짜 요괴라도 돼요?"

"시끄럽다. 글공부나 하여라! 넌 일주일간 외출 금지야!"

아버지는 어머니 이야기가 나오자 화를 내고 밖으로 나갔다. 서책에 적힌 글자를 보니 공탁은 마음이 답답했다. 서책 끄트머리에 자신을 놀린 아이들의 얼굴을 괴상하게 그리고 나서야 마음이 후련했다.

"어차피 밖에도 못 나가는데 그림이나 실컷 그려야지."

그때부터 공탁은 방에 틀어박혀 하늘을, 꽃을, 어머니를 그렸다. 글공부를 확인하러 온 아버지에게 낙서를 들켜 호되게 회초리를 맞기도 했다. 하지만 공탁은 그림 그리는 것을 멈추지 않았다.

선유댁은 계절이 바뀔 때마다 아라비아에서 건너온 파란 유리병에 꽃과 나무를 꽂아 두었다. 오늘은 활짝 핀 개나리였다. 개나리의 노란빛이 유난히 더 진했다.

"지겨워. 책도 지겹고, 방에 갇혀 있는 것도 지겹다."

공탁은 방바닥에 벌렁 드러누워 발밑에 놓인 책을 툭툭 차며 한숨을 쉬었다.

창살 틈으로 지는 해가 들어와 방 안을 가늘게 비추었다. 공탁은 빛이 향하는 곳을 무심히 바라보았다. 삐뚤어진 부처님 족자 뒤로 그동안 한 번도 본 적 없던 그림이 삐죽 나와 있었다. 자리에서 일어나 천천히 족자를 치웠다. 그러자 신묘한 기운을 뿜어내는 그림이 나타났다. 얇은 자작나무 껍질에 섬세하게 그린 그림이 벽에 단단히 붙어 있었다. 자세히 보니 억지로 떼어 내려 한 흔적이 보였다. 누군가 그림을 감추려 부처님 족자로 가려 놓은 게 분명했다.

창살 틈으로 스며든 석양볕이 그림 속 커다란 보름달 정중앙을 밝혔다. 달 아래는 풀, 나무, 꽃이 어지러이 핀 작은 섬이 보였다. 섬 중앙에는 누군가 서 있었다. 공탁은 그림의 양쪽 끝을 잡아당겼다. 생각보다 손쉽게 툭 떨어졌다. 그림을

한참 동안 이리저리 바라보던 공탁의 머릿속에 섬광이 번쩍했다. 섬 중앙에 있는 사람이 너무나 낯익었다.

'어머니?'

공탁은 깜짝 놀라 그림을 손에서 놓쳤다. 그림이 바닥에 툭 떨어졌다. 때마침 방문이 벌컥 열렸다.

"도련님! 괜찮으세요?"

"어, 어, 득보야, 잠깐 이리 와 봐."

"또 왜요? 저번처럼 도련님인 척하라고요?"

득보가 느릿느릿 방으로 들어서며 미심쩍은 눈초리로 공탁을 바라보았다.

"아니 아니. 이제 안 그래. 우린 너무 다르게 생겼잖아. 나는 키가 크고 말랐는데 넌 작고 동그랗잖아. 누가 속겠어."

"그럼 왜요?"

"얼른 와서 이것 좀 봐."

득보가 뭉그적거리며 공탁 옆에 섰다. 공탁은 바닥에 덩그러니 놓인 그림을 가리켰다.

"이 그림이 언제부터 내 방에 있었지?"

"전 잘 모르겠는데요. 그나저나 그림 참 이상하네요. 내일이 마침 보름인데 그림에도 딱 보름달이 떴네요. 어디서 주워 오신 거예요?"

"처음부터 내 방, 이 벽에 붙어 있었던 것 같아. 넌 정말 본 적이 없어?"

"글쎄요. 도련님이 벽을 볼 일은 벌 받을 때 빼고는 없을 텐데, 벌은 늘 제가 대신 받았으니 도련님은 본 적이 없으시겠죠. 흠, 그렇지만 제가 도련님 대신 벌설 때도 이 그림은 본 적 없어요. 아, 혹시 나리 몰래 마님이 숨기신 거 아니에요? 여기 중간에 서 있는 사람이 마치……."

"네 생각도 그래?"

"에이, 그냥 해 본 소리예요. 그게 가능하겠어요?"

"아버지한테 물어보면 아무것도 알려 주시지 않을 거야. 오히려 글공부나 하라고 닦달하시겠지. 그림을 빼앗길지도 몰라. 내 생각엔 분명히 이 그림에 뭔가 있는 것 같아."

"있긴 뭐가 있어요. 장터에 내놔도 아무도 안 사 갈걸요. 저 앗싸라비아 화병이면 몰라도."

"좀 알아봐야겠어."

공탁이 그림을 돌돌 말아 품에 넣고 방을 나섰다.

"어, 아, 안 돼요, 도련님. 이렇게 나가시면 큰일 나요. 나리께서 곧 오신다고요."

"혹시 아버지가 날 찾으시면 중요한 서책을 구하러 갔다고 해 줘."

"안 돼요. 요즘 나라가 뒤숭숭하니, 신라가 망한다는 소문이 사실인 것 같아요. 곳곳에서 무서운 요괴를 봤다는 사람이 한둘이 아니라네요. 요괴도 요괴지만 곧 전쟁이 일어난다는 소문도 돈다고요. 사람들이 얼마나 걱정하는지 아세요?"

"요괴는 무슨. 헛소리하지 말고! 뭐, 전쟁은 날 수도 있겠다. 전쟁 나기 전에 금방 돌아올게."

"아이고, 저 막무가내 도련님을 어쩌나."

공탁은 득보에게 잡힐세라 잽싸게 달려 집 밖으로 나갔다. 등 뒤로 득보의 한숨 소리가 아득히 들렸다.

공탁은 자연스럽게 남산으로 향했다. 공탁은 서라벌 남쪽을 병풍처럼 둘러싼 남산을 사랑했다. 나지막한 남산은 어머니의 품처럼 포근했다. 공탁은 서쪽으로 기우는 해가 더디게 가길 바라며, 마지막 볕이 드는 풀밭에 자리를 잡고 앉아 그림을 꺼냈다. 보면 볼수록 섬 중앙에 있는 사람과 어머니가 겹쳐 보였다.

'이걸 어디 가서 물어봐야 하나…….'

이내 해가 저물고 어둠이 찾아왔다. 공탁은 별빛에 의지해 남산을 내려온 후, 딱히 갈 곳이 생각나지 않아 집과 장터 사이 갈림길에서 한참을 서성였다. 공탁은 발걸음을 쉽게 정하지 못했다. 공탁의 머릿속에는 불호령을 내리는 아버지와 벽에 붙어 있던 의문의 그림이 서로 맞붙어 싸웠다.

'이럴 줄 알았으면 금가락지라도 끼고 나올걸. 급히 나오느라 값이 나갈 만한 물건을 아무것도 챙기질 못했으니…….일단, 그림에 대해서 좀 알아보고 집에 가자. 곧 아버지가 주무실 시간일 테니 오늘은 무사히 넘어갈 수 있을 거야.'

잠시 후 공탁은 장터를 향해 몸을 틀었다. 한참을 걷자 장터 앞 커다란 느티나무가 모습을 드러냈다. 몇백 년은 산 듯한 느티나무는 장터를 찾는 서라벌 사람들의 동반자였다.

사람들은 느티나무 아래에서 돌탑을 쌓으며 간절한 소망을 빌었다. 나무 그늘에서 고단한 삶 속 짧은 휴식을 즐겼다. 그곳에서 소소한 다툼을 벌이기도 하고 얼싸안고 화해하기도 했다. 우연히 마주친 어린 연인들의 불꽃 튀는 사랑이 시작되기도 했다. 아주 드물지만 버려진 아기가 발견된 적도 있었다.

공탁은 그림에 대한 실마리를 찾게 되길 바라며 느티나무를 향해 서둘러 걸었다.

하늘은 어둑해졌지만 느티나무 주변에 놓인 관솔이 장터를 밝혔다. 사람들은 모두 집으로 돌아갈 준비를 하고 있었다. 공탁은 느티나무 아래에서 초라한 차림을 한 소녀와 이야기를 나누는 익숙한 뒷모습을 발견했다.

"득보야!"

득보와 소녀가 동시에 공탁을 바라보았다. 소녀는 군데군데 구멍 난 옷을 입었고 다 해진 신발을 신고 있었다. 한눈에 봐도 딱 거지였다.

"어, 도련님!"

도련님이란 말에 소녀가 공탁을 뚫어지게 쳐다보았다. 소녀의 짙푸른 눈동자가 공탁의 마음에 훅 들어왔다. 공탁은 소녀에게 눈을 떼지 못했다.

"여기서 뭐 해? 혹시 아버지가 날 찾진 않으셨어?"

"장에 심부름 왔죠. 아직 나리께선 도련님이 몰래 나간 걸

모르세요. 지금도 안 늦었어요. 얼른 집에 가세요!"

"누구?"

공탁이 턱으로 소녀를 슬쩍 가리켰다.

"얘는요, 차림은 좀 그래 보여도 서라벌 소식은 다 꿰고 있는 정보통이에요. 쉽게 만날 수도 없고요."

"네 이름이 무엇이냐?"

공탁이 소녀에게 한 걸음 가까이 다가섰다.

"가람."

"말이 짧다."

"너도."

"하하, 참."

"야, 도련님은 귀족이셔. 예의를 갖춰."

득보가 가람의 옆구리를 찔렀다.

"먹을 거라도 주면."

공탁이 어이없는 표정으로 득보를 바라보았다. 득보는 어깨를 으쓱하며 주머니에서 꽁꽁 싼 주먹밥을 슬그머니 꺼냈다. 가람이 생긋 웃으며 순식간에 주먹밥을 가로채 한입 베어 물었다.

"진작 좀 주지. 이틀을 쫄쫄 굶었다고. 하나 더 먹었으면 좋겠네."

"야! 천천히 먹어. 체하겠다. 내가 내일 주먹밥을 더 줄 테니까 뭐 하나 물어봐도 될까?"

공탁은 가람의 푸른 눈을 바라보며 가람이 서라벌 정보통이라는 말을 떠올렸다.

"뭐?"

"이 그림을 알 만한 사람을 좀 찾아봐 줄래? 궁금해서 참을 수가 있어야지."

공탁이 품속에서 그림을 꺼냈다. 그림을 보자마자 가람의 푸른 눈이 반짝였다. 가람은 입을 꾹 다물고 공탁과 그림을 유심히 번갈아 보았다.

"내일 주먹밥을 갖다주면 그림을 알 만한 사람한테 데려다줄게."

"좋아. 그럼 내일 여기서 다시 만나자."

"응."

"그런데, 너 주먹밥 먹었는데도 말이 짧다."

살짝 약이 오른 공탁이 성큼 다가서자 가람은 씩 웃으며 몸을 돌려 사람들 사이로 사라졌다.

"아, 언제 보자는 말을 안 했네!"

눈으로 가람을 쫓던 공탁이 이마를 탁 쳤다.

"에이, 내 저녁밥이었는데. 하루 종일 누구 찾느라 남산을 헤매고 다녀서 배도 엄청 엄청 고픈데."

득보가 공탁을 힐끔 쳐다보며 혼잣말을 내뱉었다.

28

"알았다, 알았어. 어서 집으로 가자. 내 밥 너한테 다 줄 테니까 걱정 마."

득보는 울상을 스르르 풀며 미소를 지었다.

2

불공평한 거래

다음 날, 공탁은 해가 뜨자마자 부엌으로 달려갔다.

"선유댁, 내가 급하게 필요해서 그런데 주먹밥 한 보따리만 만들어 줘. 지금 당장."

"아휴, 도련님. 갑자기 무슨 주먹밥이에요? 어디 나들이 가시게요?"

"응응, 당장 해 줘."

"아휴, 알겠어요."

공탁은 선유댁이 만든 주먹밥을 냉큼 받아 황급히 득보에게 달려갔다.

"득보야, 얼른 가자. 얼른!"

"도련님. 너무 이른 아침인데요. 저 눈곱도 못 뗐어요."

아직 잠이 덜 깬 득보가 입이 찢어지게 하품하며 방에서 나왔다.

"눈곱이 중요하냐? 나는 간밤에 한숨도 못 잤어. 얼른 가자. 앞장서."

"아이 참, 가람이 걔는 만나고 싶다고 만날 수 있는 애가 아니라고요."

"여기저기 다니다 보면 찾을 수 있을 거야. 게다가 주먹밥도 준다고 했으니까 나타나겠지."

"가람이 걔는 어디서도 못 찾아요. 동에 번쩍 서에 번쩍해서 오죽하면 인간이 아닐 거라는 말도 돈다니까요."

"그럴 리가. 일단 가 보자."

오전 내내 장터를 헤맸지만 가람은 보이지 않았다.

"제가 뭐랬어요. 가람이는 자기가 맘먹어야 나타나는 애라고요. 장터를 달팽이 등껍질처럼 뺑뺑 돌았더니 어지러워 죽겠네."

어느새 해가 중천에 떴다. 공탁이 한숨을 내쉬며 고개를 숙였다. 짧은 그림자가 발밑에 드리웠다. 그때 다 해진 신발이 쑥 나타났다. 가람이었다.

"주먹밥은?"

"득보야. 주먹밥."

공탁이 어금니를 꽉 깨문 채 득보를 불렀다.

"네, 도련님."

득보가 주먹밥이 가득 든 보따리를 건네자, 가람이 환하게 웃으며 받아 들었다. 가람은 주먹밥 하나를 꺼내 허겁지겁 먹었다.

"남산 서쪽 골짜기 끝에 사는 엽주 아저씨. 그 사람은 다 알아."

"엽주?"

"응. 남들이 훔친 물건을 몰래 파는 장물아비이면서 주술사이기도 해. 이건 비밀인데, 주먹밥을 한 보따리나 줬으니 특별히 말해 줄게. 그 사람, 요괴도 거래해."

"뭐? 요괴를 거래해? 요괴가 진짜 있다고?"

"도련님! 요괴가 진짜 있대요. 요괴만 따로 사는 세상이 있다는데요? 장터에서 사람들이 떠들어 대더라고요. 지나가

다 제가 들었어요!"

공탁의 질문에 득보가 슬며시 끼어들었다.

"사는 사람이 있으니 팔겠지. 엽주 아저씨는 엄청난 주술로 요괴를 조종해. 요괴들이 엽주 아저씨 손에만 들어가면 꼼짝을 못 한다고. 무섭고 대단한 사람이야. 몇백 년 전 보물인 만파식적 조각을 가진 유일한 사람이라니까."

가람이 심드렁하게 주먹밥을 씹으며 공탁을 톡 쏘았다.

"말도 안 돼. 요괴를 사고팔다니!"

"쉿! 목소리 낮춰. 귀하게 자란 도련님이 뭘 알겠어. 가 보면 알 거야. 따라와."

"그래. 한번 가 보자."

공탁이 가람을 따르자, 득보도 툴툴거리면서 냉큼 따라나섰다.

한참을 걷다 보니 익숙한 곳을 벗어나 낯선 길로 들어섰다. 공탁은 자기도 모르게 어깨가 움츠러들었고 오줌이 마려웠다. 손바닥은 순식간에 땀으로 축축해졌다.

'내가 뭘 믿고 이 아이를 따라가는 거지? 다 거짓말인 거 아니야?'

순간 오싹한 생각이 스쳤다. 바로 그때 득보가 가람을 불렀다.

"야, 어디까지 가는 거야? 이러다 서라벌 밖으로 나가는 거 아냐? 너 혹시 후백제 첩자냐?"

"무슨 소리 하는 거야? 너희는 팔아넘겨도 주먹밥 두 개도 안 줄걸. 비리비리해서 힘도 못 쓰게 생겨서는."

"저게 확!"

"다 왔다. 저기야. 난 소개만 해 주고 갈 거야. 왔던 길로 다시 가면 장터가 나와. 거기서부턴 길 알지?"

가람이 가리킨 곳에 허름한 집 한 채가 덩그러니 있었다. 무성한 수풀에 반쯤 가려진 집은 인기척이 전혀 없어 폐가 같았다. 울타리는 오랫동안 손보지 않은 듯 듬성듬성 틈이 벌어져 허술하기 짝이 없었고, 마당에는 지붕에서 떨어진 지푸라기가 널브러져 있었다. 지붕에 군데군데 구멍이 뚫려 비가 오면 물이 집 안으로 들이칠 것 같은 모양새였다. 뒤뜰에는 대나무가 빽빽한 숲을 이루고 있었는데 때마침 부는 바람에 삭삭거리는 소리를 내며 어지럽게 흔들렸다.

공탁과 득보는 제자리에 우뚝 멈춰 섰다. 둘을 뒤로하고 가람이 마당으로 상큼상큼 걸어가 헛기침을 두 번 했다.

"큼큼, 엽주 아저씨."

낡은 방문이 삐그덕 소리를 내며 열렸다. 구부정한 어깨에 머리가 부스스한 남자가 문지방 너머로 고개를 내밀었다. 주름 하나 없이 반들반들한 이마, 가늘고 긴 눈, 앙다문 얇은 입술. 얼굴에서 차디찬 기운이 흘러나왔다. 얼굴만 봐서는 나이를 도통 예측할 수가 없었다.

"왔냐?"

"네."

"물건은?"

"저기."

가람이 공탁을 손가락으로 가리키자 엽주의 실눈이 번쩍 빛났다.

"처음 뵙겠습니다. 이 그림에 대해 혹시 아시는 게 있는지 궁금해서요."

공탁이 퍼뜩 정신을 차리고 품속에서 그림을 꺼냈다.

"흠, 잠시 들어오너라."

좁은 방 안은 텅 비어 있었다. 엽주는 방 한가운데에 자리를 잡고 앉아 공탁에게 손을 내밀었다. 공탁이 조심스럽게 그림을 건넸다.

그림을 받아 드는 엽주의 손이 미세하게 떨렸다. 그림을 펼치는 순간, 엽주의 가느다란 눈이 배로 커졌고 손에 힘이 잔뜩 들어갔다. 엽주는 그림을 얼굴에 바짝 가져가 한참 동안 눈을 떼지 않았다. 엽주의 눈썹과 입꼬리가 살짝 올라가는 걸 공탁은 미처 알아채지 못했다.

시간이 얼마나 흘렀을까. 공탁은 손바닥에 난 흥건한 땀을

바지에 문질러 닦았다.

"그림을 아시나요?"

엽주의 매서운 눈빛에 쪼그라들었던 마음이 조금 진정되자 공탁이 가슴을 펴고 앉아 먼저 입을 열었다.

"알지, 그럼."

엽주는 미간을 찌푸리며 뜸을 들였다.

"어떤 그림인지 알려 주세요."

"음, 이게 말이지. 백오십 년도 훨씬 더 됐지. 아마."

"히익, 백오십 년도 넘었다고요?"

득보가 놀라는 소리에 공탁도 덩달아 눈이 휘둥그레졌다.

"이건 먼 옛날, 경덕왕이 당나라에 보낸 아주 귀한 공예품의 설계도가 숨겨진 그림이다. 그때는 신라도 당나라도 아주 잘나갔지."

엽주는 쇳소리가 나는 목소리로 그림에 얽힌 이야기를 시작했다.

"여기, 커다란 달 속에 문양이 보이지? 이 문양이 바로 설계도다. 공예품의 이름은 만불산. 크기가 월성궁 마당을 가득 채울 만큼 어마어마했지. 여기 보이는 불상이 모두 몇 개일 거 같으냐?"

"개미 코딱지만큼 작은 걸 어찌 다 세나요. 할 일이 그렇게도 없나. 아, 우리 도련님은 세고 앉아 있을지도 모르……."

공탁의 눈길에 득보는 입을 다물었다.

"불상이 만 개나 있다고 만불산이라고 했지. 부처님의 은덕과 사람들의 해탈을 기원하는 대작이었다. 그런데 만불산을 만들 때 이상한 소문이 돌았어. 만 개의 불상을 만들려면 요괴 만 마리를 잡아야 한다는 이야기였지. 흐흐, 처음에는 만불산에만 관심을 가졌던 이들이 나중에는 요괴한테로 눈을 돌렸어. 세상 곳곳에 요괴가 사는 섬, 요괴도가 있다는 소문이 암암리에 퍼졌다. 누군가는 요괴도도 만 개가 있을지도 모른다고 했지."

엽주는 과거로 돌아간 듯 아득한 표정을 지어 보였다.

"만불산은 지금 어디에 있나요?"

엽주가 말을 마치자마자 가람이 기다렸다는 듯이 물었다.

"너 아직도 안 가고 있었냐?"

득보가 가람의 목소리에 화들짝 놀랐다.

"감쪽같이 사라졌어. 당나라로 잘 보냈다는 기록만 남았을 뿐 어디 있는지는 아무도 몰라. 전쟁 중에 산산조각이 났을지도 모르지. 어차피 인간이 만든 건 영원하지 못해."

"그럼 이 그림은요? 이건 뭐예요?"

공탁이 다급하게 물었다.

"아, 이건 설계도의 복제품이야. 당시 사람들은 만불산 대신 설계도라도 가지고 있으면 복이 들어온다고 생각했지. 이 그림도 많은 복제품 중 하나야."

"아, 복제품이군요."

공탁의 얼굴에 실망감이 드러났다.

"하지만 백오십 년도 더 된 물건이니까 값이 제법 나가지 않을까요?"

가람이 슬그머니 물었다.

"그렇지도 않아. 만불산이 사라졌다는 소식이 신라에 퍼지자 사람들은 설계도도 쓸모없다고 생각했다. 여기저기 내팽개쳐져 불쏘시개나 벽지로 쓰였다더구나. 지금도 별다르지 않지. 지금은 만불산을 아는 사람도 별로 없는걸."

"저, 섬 중앙에 있는 여인도 만불산과 연관이 있나요? 제가 아는 사람이랑 닮아서요. 옛날 그림이니까 진짜 아는 사람은 아니겠지만……."

공탁이 말을 채 끝내기도 전에, 엽주는 그림을 휙 잡아채며 고개를 가로저었다. 공탁은 손으로 목덜미를 문질렀다.

"흠, 특별한 그림이 아니었군요."

기대로 높아졌던 공탁의 어깨가 순식간에 구부정해졌다.

"자, 내가 그림에 대해 알려 줬으니 너는 나에게 무엇을 줄 테냐? 거래는 확실하게 해야지?"

엽주는 실망한 채 일어서려는 공탁에게 말했다.

"거래요? 어떻게 보답하면 될까요?"

"내일 중요한 일을 해야 하는데 손이 모자라. 나랑 같이 어딜 좀 가면 좋을 것 같은데……."

"집에 하인이 많으니 하인을 보내겠어요. 몇 명이나 필요한가요?"

"다른 사람은 필요 없다. 네가 직접 와야 할 거야. 저 투덜거리는 느림보 녀석도 함께. 힘센 어른은 필요 없다. 딱 너희 둘만 와야 해. 내일 달이 뜰 무렵 다시 여기로 오너라."

"한번 생각해 볼게요."

"생각은 무슨! 내일 너희가 여기로 와야 이 그림을 돌려줄 거다. 그림 속 여인이 궁금하지 않냐?"

"네? 그게 무슨 말이에요? 그 여인을 아세요?"

엽주는 공탁이 묻는 말에 대답도 하지 않고 밖으로 휙 나가 버렸다. 공탁과 득보가 서둘러 따라나섰지만, 엽주는 어디에도 보이지 않았다. 바람이 대나무 사이를 스치고 지나가자 엽주의 기괴한 웃음소리가 들려왔다. 으스스한 기운에 공탁은 불현듯 등줄기에 식은땀이 났다.

"아무한테도 우리의 거래를 말하지 말아라. 약속을 어기면 아무리 귀한 도련님이라도 피해 갈 수 없는 끔찍한 일을 겪게 될 거야. 으흐흐."

순식간에 허름한 집이 어둠 속으로 사라졌다. 등 뒤에서 엽주의 낮은 목소리만 들렸다. 아이들은 누가 먼저랄 것도 없이 뜀박질을 시작했다.

온몸이 땀으로 흠뻑 젖고 나서야 마침내 장터 입구 느티나무가 보였다. 가람은 인사도 없이 달빛 속으로 사라졌다. 꺼림칙한 기분은 집에 도착할 때까지도 사라지지 않았다.

"오늘은 어제보단 일찍 오시네요. 왜 그리 기운이 없으세요? 무슨 일이 있었나요?"

마당으로 터덜터덜 걸어 들어오는 공탁과 득보를 선유댁이 반겼다.

"아니, 도련님 방에 걸려 있던 이상한 그림을 뺏……."

공탁이 잽싸게 득보의 입을 틀어막았다.

"아니, 아무 일도 아니야. 나랑 득보는 오늘 저녁 안 먹을 거야."

득보는 눈이 휘둥그레졌다. 무슨 말을 더 하려다 공탁의 심각한 표정에 입을 다물었다.

"방으로 가자. 얼른."

"네, 도련님."

공탁의 낮은 목소리에 득보는 고개를 푹 수그렸다. 주린 배를 움켜쥐고 종종걸음으로 공탁의 뒤를 따라 방으로 들어갔다. 그런 둘을 바라보는 선유댁의 눈가에 짙은 어둠이 내려앉았다.

3

그림의 비밀

공탁은 밤새 눈이 말똥했다. 찬물을 연거푸 들이켜 봐도 답답한 마음은 나아지지 않았다. 아무리 생각해도 그림이 공탁의 눈에 들어온 연유가 반드시 있을 것만 같았다.

'그림이 백 년도 더 된 거라니. 내 방에 그리 오랜 시간 걸려 있었을 리가 없는데. 엽주 아저씨가 거짓말을 하는 걸까? 아니야, 분명 숨겨진 비밀이 있을 거야. 하, 도대체 뭘까? 왜 나랑 득보만 오라는 거지?'

공탁은 이런저런 생각에 밤을 꼴딱 새우고 새벽닭이 우는 소리가 들리자마자 자리에서 벌떡 일어났다. 엽주가 보름달이 뜨면 오라고 했지만, 그때까지 기다릴 수가 없었다. 공탁은 득보에게 달려갔다.

"득보야. 일어나. 어서!"

"하, 도련님! 아직 해도 뜨다 말았어요. 덕분에 전 잠도 자다 말았고요."

"어서 가자. 엽주 아저씨 집으로."

"어, 해 뜰 때가 아니라 달 뜰 때 오라고 하지 않았나요?"

"알아. 좀 확실히 해 두려고 그래. 가람이 없이도 찾아갈 수 있지?"

"제가 지금 꿈꾸는 건가요? 아야!"

공탁은 엉뚱하게 대답하는 득보에게 꿀밤을 먹여 주었다.

"아프니까 꿈은 아니야. 엽주 아저씨 집으로 가는 길, 기억해?"

"아마도요."

"그럼 얼른 가 보자."

"아침밥만 먹고요. 어제 저녁밥도 도련님 때문에 못 먹었잖아요."

"그래, 알겠어. 얼른 아침 먹고 가자."

46

공탁은 아침을 먹는 둥 마는 둥 하고 서둘러 집을 나왔다. 득보를 앞세우고 어제 갔던 길을 되짚어가며 엽주의 집으로 향했다. 익숙한 풍경이 눈앞에 펼쳐졌지만, 어제 본 허름한 집은 보이지 않았다. 빽빽한 대나무 숲도, 엉성한 울타리도 그대로였는데 집만 없었다.

"어휴, 진짜 괴상하네. 여기가 분명히 맞는데."

공탁과 득보는 같은 길을 돌고 또 돌았다.

"아무래도 이상하지?"

"네, 도련님. 뭐에 홀린 것 같아요. 도깨비가 장난치나? 그렇지 않고서야 이렇게 뱅뱅 도는데도 엽주 아저씨 집을 못 찾을 수 있나요?"

둘은 길바닥에 털썩 주저앉아 서로를 마주 보았다.

"가람, 그 애를 찾아가자. 분명 뭔가 알 거야."

"걔가 어디 있는 줄 알고요. 여기저기 다 휩쓸고 다녀도 만날까 말까 한다는 걸 아시면서 아침부터 왜 또 이러세요."

공탁은 득보의 말에 대꾸도 하지 않고 자리에서 벌떡 일어나 발걸음을 옮겼다. 득보도 투덜거리며 공탁의 뒤를 종종 따라갔다.

온종일 찾아다녀도 가람은 보이지 않았다. 어느덧 해가 저물었다. 지친 공탁과 득보는 장터 입구 느티나무 아래에 주저앉았다. 득보는 주머니에서 말린 도라지를 꺼내 반으로 쪼갠 뒤 하나는 공탁에게 건네고 나머지는 입안으로 쏙 던져 넣었다. 공탁은 무심하게 도라지 조각을 주머니에 넣고 길어지는 자기 그림자만 바라보았다.

　　"가자."

　　그때 가람이 나타났다.

　　"야! 넌 어디에 있다가 이제야 나타난 거야? 온종일 너만 찾아다녔잖아!"

　　"왜? 밤에 만나기로 했잖아."

　　"아니, 도련님이 일찍 가자고 하도 보채서 길을 나섰는데 엽주 아저씨 집을 찾을 수가 있어야지. 내가 길눈이 엄청나게 밝아서 한번 다녀온 길은 기똥차게 기억하는데……. 아무리 생각해도 이상하다니까."

　　"지금 가면 보여."

　　"그게 무슨 소리야? 낮에는 안 보이는 거야?"

　　공탁이 자리에서 일어나 가람에게 다가갔다.

"잘 따라와. 곧 해가 지고 보름달이 뜰 거야."

가람이 먼저 휙 출발했다.

"기다려. 같이 가야지."

가람을 정신없이 따라가다 보니 금방 엽주의 집 앞에 다다랐다. 가람의 얼굴은 매끈했지만 공탁과 득보의 얼굴에는 땀이 비 오듯 쏟아졌다.

"우리가 오전 내내 찾아도 안 보이던 집이 갑자기 어떻게 나타난 거야? 거참 요상하네."

득보가 땀을 털어 내며 말했다.

"엽주 아저씨 집은 나랑 같이 올 때만 보여. 아저씨가 주술로 결계를 쳐 두어서 보통 사람 눈엔 띄지 않거든. 앞으로도 너희끼리 올 생각은 하지 않는 게 좋을 거야."

"뭐라고? 진짜야? 그럼 너는 어떻게 볼 수 있는 거야? 너도 주술사야?"

공탁이 질문을 퍼부었다.

"흠흠."

가람은 대답 대신 헛기침만 두 번 했다. 기침 소리에 방문이 벌컥 열렸다. 엽주가 머리부터 발끝까지 하얀 옷으로 차려입고 파란 유리구슬과 금방울이 주렁주렁 달린 허리띠를 두르고 나왔다. 허리띠 한쪽엔 손잡이를 나무로 만든 단검을 달았는데 한눈에 봐도 무척 잘 만든 물건이었다. 엽주의 괴상야릇한 모습에 공탁과 득보는 눈과 입이 떡 벌어졌다.

"자, 이제 가자. 요괴 잡으러 가야지."

"뭐라고요? 요괴요?"

공탁은 요괴라는 말에 몸이 돌처럼 굳어 마른침만 꼴깍 삼켰다. 득보가 온몸을 사시나무 떨듯 하며 슬금슬금 뒷걸음질을 치자 가람이 막아섰다. 득보가 놀란 눈으로 가람을 바라보았다. 가람의 푸른 눈이 마치 엽주의 허리띠에 매달린 유리구슬 같았다. 가람은 어깨를 한 번 으쓱할 뿐, 아무런 말도 하지 않았다.

"꾸물거릴 시간 없다. 어서 가자!"

엽주가 걸음을 옮길 때마다 딸랑거리는 금방울 소리가 울려 퍼졌다. 가람이 우두커니 선 공탁과 득보 사이로 들어가 팔짱을 끼고 잡아끌었다. 비쩍 마른 가람은 힘이 예상외로 셌다. 가람이 발을 떼자, 공탁과 득보의 발걸음도 저절로 떨어졌다. 방울 소리에 자연스레 발을 맞추었다.

어느새 보름달이 휘영청이 떠올랐다. 푸르고 둥근 보름달
이었다. 달빛이 땅에 닿자 조약돌이 마치 길을 안내하는 듯
파란빛을 냈다. 엽주는 오르막길을 오르는가 하면, 이내 내
리막길로 내달렸다. 곧은길로 가는 것 같다가도 구불구불한
길로 들어섰다. 방울 소리에 홀린 듯 공탁과 득보도 허겁지

겁 뒤를 따랐다.

한참을 가다 보니 어디선가 파도 소리가 들려왔다. 정신이 돌아온 공탁의 눈에 하얗게 부서지는 파도가 들어왔다.

"걱정하지 마. 엽주 아저씨를 조금만 도우면 돼. 죽진 않을 거야."

어느새 가람이 다가와 속삭였다.

"그 말이 더 불안해. 넌 엽주 아저씨가 날 여기까지 데리고 올 줄 알았지? 알면서도 왜 말하지 않은 거야?"

"사실대로 말했으면, 귀한 도련님인 네가 여기까지 오지 않았을 테니까."

엽주는 한참 동안 밤바다를 바라보다가 품속에서 그림을 꺼내 펼쳤다. 달빛이 그림 속 보름달에 마주 닿자 빛이 사방으로 반사됐다. 그 순간, 바닷물이 한꺼번에 쓸려 나가며 멀리 작은 바위섬이 나타났다. 그림에서 쏟아지는 빛이 섬에 가닿자 놀라운 일이 벌어졌다. 조약돌만 했던 섬이 이내 주먹밥, 그다음에는 집채만 해지며 순식간에 가까워졌다. 거센 파도가 섬을 허옇게 에워싸며 들썩였다.

"으악!"

공탁이 자기도 모르게 뒷걸음질하다 엉덩방아를 찧었다.

"어휴, 겁쟁이."

가람이 혀를 찼다.

"득보야! 정신 좀 차려 봐! 도대체 이게 무슨 일이야?"

공탁이 이미 기절한 득보를 흔들어 깨웠다.

"이 그림이 바로 내가 간절하게 찾던 요괴도로 가는 열쇠다! 드디어 요괴도로 들어갈 수 있겠군."

엽주가 한쪽 입꼬리를 올리고 흐흐 웃었다. 엽주는 보름달에 시선을 고정한 채 추억에 잠긴 듯 이야기를 이어 갔다.

"한 여인이 있었다. 무척 아름답고 영혼이 맑았지. 마음이 추악한 이들도, 심지어 사나운 요괴까지도 순하게 만드는 힘을 가지고 있었어. 우리가 힘을 합치면 못 할 게 없었다. 어느 날 만불산을 만들던 서라벌 사람들의 극진한 기도가 우리 귀에도 들려왔다. 여인은 도움을 청하는 인간을 쉬이 넘기지 못했어. 결국 우리는 인간을 도우려고 서라벌로 왔다. 하지만 문제는!"

엽주가 부들부들 떨며 잠시 말을 끊었다.

"그녀가 날 배신하고 인간과 요괴를 더 위했다는 거야. 내

말만 잘 들었더라면 우린 서라벌을 다스리고도 남을 힘과 재물을 모았을 거야. 그녀에게 복수하려고 요괴도로 가는 방법을 한참이나 찾아다녔다."

"만불산을 만드는 걸 도왔다고요? 백 년도 더 지난 일이잖아요. 그럼 당신이 요괴를 사고파는 게 사실이란 말이에요?"

공탁은 가슴 깊은 곳에서 뜨거운 무언가가 치밀어 오르는 것 같았다.

"그동안 신라를 아무리 뒤져도 요괴도로 가는 방법을 찾을 수가 없었는데, 이렇게 제 발로 찾아와 주다니 정말 고맙구나. 내가 시키는 대로만 하면 무사히 집으로 돌아갈 수 있다. 요괴를 잡는 새로운 경험도 하고 말이야."

엽주가 비열하게 웃으며 말했다.

"도대체 요괴를 왜 잡아요?"

"나도 먹고살아야지. 요괴의 힘을 이용하려는 인간이 얼마나 많은지 아느냐? 자기보다 약한 자를 밟고 올라가려는 인간의 끝없는 욕망 덕에 그동안 잘살았지. 하지만 점점 요괴가 줄어 가. 분명 그 여인이 나를 방해하는 게 틀림없어."

"너무 무섭잖아."

어느새 정신을 차린 득보가 엉엉 울음을 터트렸다.

"별일 없을 거야. 그만 좀 울어."

가람이 득보를 보며 차갑게 말했다.

바다 안개 사이로 요괴도로 이어지는 돌길이 어스름히 나타났다. 미끄러운 물미역이 그대로 남아 있었고 돌멩이 사이로 작은 바닷게가 황급히 몸을 숨겼다.

방울 소리가 점점 멀어졌다. 가람이 우는 득보를 거칠게 잡아끌었다. 엉겁결에 일어난 득보는 연신 흐르는 눈물 콧물을 훔치며 요괴도로 천천히 걸어갔다.

공탁이 하늘을 올려다보았다. 푸른 보름달 위로 그림 속 여인의 얼굴이 떠올랐다. 공탁이 늘 그리워했던 그 사람, 어머니의 모습이었다.

'엽주 아저씨가 말한 여인이 어머니라면 어쩌지? 요괴도에 가면 진실을 알 수 있지 않을까?'

차가운 바닷바람에 소름이 오스스 돋았지만, 손바닥에서는 자꾸만 땀이 흥건하게 흘렀다. 공탁은 손바닥을 연신 옷자락에 비비며 걸음을 재촉했다.

4

요괴도의 나무 요괴

돌길 끝에 다다르자, 커다란 복숭아나무 두 그루가 대문처럼 서 있었다. 복숭아나무보다 열다섯 걸음 정도 앞에는 거대하고 편평한 바위가 있었는데 마치 섬을 지키는 문지기 같았다. 활짝 핀 연분홍 복숭아꽃이 바람에 우수수 떨어졌다. 가람과 득보가 흩날리는 꽃잎을 잡으려 폴짝폴짝 뛰었다.

"자, 이제 너희가 할 일을 알려 주겠다."

맨 앞에서 빠르게 걸어가던 엽주가 문지기 바위 앞에 멈춰 섰다.

"너희가 할 일을 다 마치면 그림을 돌려주마. 보름달이 사

라지기 전에 일을 끝내야 하니 서둘러야 한다."

"그림이 복제품이라면서요. 더는 필요 없어요."

공탁이 짐짓 여유로운 척했다.

"순진한 놈. 복제품이 아니라면?"

"나한테 거짓말을 한 거예요?"

"그래야 네가 날 따라왔을 테니까."

엽주는 한쪽 입꼬리만 올리며 으흐흐 웃었다.

"자, 내가 만든 요괴환이다. 술법으로 만든 귀한 물건이다. 요괴에게 던져 맞추면 요괴를 구슬 안에 사로잡을 수 있다. 잘못 던지면 오히려 요괴가 너희를 잡아먹을지도 모르니 조심하고."

엽주의 엄포에 득보가 요괴환을 받으려다 주저했다.

"전 안 하고 싶어요. 도련님과 가람이가 돌아올 때까지 복숭아나무 아래서 기다릴게요."

"너에게 하지 않는다는 선택지는 없어. 시키는 대로 하지 않으면 너를 돌멩이로 만들어 저 깊은 바닷속으로 던져 버릴 테다. 아, 하루살이로 만들어 거미 밥으로 줘도 좋겠군. 돌멩이가 될 테냐? 하루살이가 될 테냐? 아니면 내가 시키는 대로 얌전히 요괴를 잡아 올 테냐!"

엽주가 날카롭게 소리치자 득보는 주춤거리며 손을 내밀었다.

"이렇게 작은 구슬로 잡은 요괴를 뭐에 써요?"

공탁은 엄지손가락 한 마디만 한 요괴환을 받아 들고 엽주에게 물었다.

"요괴환이 작아 보여도 요괴를 봉인하는 데 문제없어. 요괴환으로 잡은 요괴의 힘은 인간이 이용할 수 있다. 작은 요괴라도 꽤 쓸모가 있지. 너를 놀리는 아이의 입을 잠시나마 딱 붙게 할 수도 있고, 손가락 하나 까닥하지 않고 싫은 사람 뒤통수를 한 대 탁 칠 수도 있지. 작은 요괴는 능력이 그리 오래가지 않는 게 흠이지만, 칠 년 동안 작은 요괴 하나도 잡지 못해 무척 아쉬웠단 말이지. 내가 이 순간을 얼마나 기다렸는지 모른다. 어서 서둘러라. 어서!"

엽주는 요괴환을 나눠 주고 바위 위에다 달빛으로 그림을 비췄다. 놀랍게도 바위에 요괴도의 지도가 나타났다. 공탁은 지도를 뚫어져라 바라보았다.

'섬 중앙에 우물이 있나 보군. 저 글씨는 뭐지? 꽃 화(花)

자인가?'

공탁이 글자를 확인하려고 바위로 한 걸음 다가간 순간, 구름이 보름달을 가렸다. 지도도 순식간에 사라졌다.

"에잇, 망할 구름! 어디로 가야 하는지 대충 봤지? 지금 우리가 있는 곳이 요괴도의 입구, 가장 남쪽이다. 지도 중앙에 있는 우물 표시 봤지? 거기 있는 여인을 꼭 나에게 데려와라. 바로 날 배신한 사람이야. 요괴환에 잡히지 않으니 줄에 묶어 끌고 오든지, 달콤한 말로 구슬려 데려오든지 해. 데리고만 온다면 그림을 돌려주마. 그럼, 나는 여기서 기다리겠다."

"우리만 가라고요?"

득보가 눈을 굴리며 조심스럽게 물었다.

"난 요괴도에 못 들어가. 누군가 어른은 들어오지 못하게 결계를 쳐 두었거든. 서둘러라. 해가 뜨면 요괴도에 갇힌다. 푸른 보름달은 칠 년 뒤에나 다시 뜰 텐데 그때까지 요괴도에 갇히고 싶지 않으면 어서 출발하는 게 좋을 거야. 어서! 꼭 중앙까지 가야 한다. 우물가 여인을 반드시 데려와야 해."

엽주는 가람과 득보의 등을 마구 떠밀었다.

'다시 돌아가기에는 이미 늦었어. 요괴도를 돌아보며 방법

을 찾자.'

공탁은 지도를 머릿속에 그리며 옷매무새를 고쳤다.

"도련님, 저를 꼭 지켜 주세요."

득보가 떨리는 손으로 공탁의 팔을 잡았다.

"그래. 내가 지켜 줄게."

공탁이 성큼성큼 발걸음을 옮기자 가람과 득보도 공탁의 뒤를 종종 따랐다. 아이들의 어깨 너머로 엽주의 기괴한 웃음소리가 들려왔다.

한참을 걷자 파도 소리가 들리지 않았다. 공탁이 걸음을 멈추고 뒤를 돌아보았다. 더는 문지기 바위도, 복숭아나무도, 엽주도 보이지 않았다.

"휴, 좀 쉬었다 가요. 근데 도련님, 길 아세요?"

득보가 흙바닥에 털썩 주저앉았다.

"당연히 모르지. 가람아, 너는 여기 와 봤어?"

"나도 처음이야. 네가 앞장서길래 따라갔지."

"난 그냥 길을 따라 걸은 거뿐이야. 엽주 아저씨 웃음소리가 너무 듣기 싫어서."

공탁은 엽주를 떠올리며 고개를 저었다.

"그나저나 가람아, 우리가 엽주 아저씨가 시킨 일을 왜 해야 하는 거야?"

"기왕 할 거 빨리하자."

득보가 투덜거리자 가람이 한숨을 쉬며 말했다.

"뭐가 요괴인지도 모르고, 어떻게 잡는지도 모르는데 뭘 빨리하라는 거야. 집에 가고 싶어. 우리 살아서 돌아갈 수 있을까?"

"그만 좀 징징거려. 당연히 살아 돌아가야지. 요괴도에 칠 년 동안 갇히고 싶어?"

"얘들아, 여기 좀 봐."

득보와 가람이 재잘거릴 동안 공탁은 아까 보았던 지도를 떠올리며 흙바닥에 그림을 그렸다.

"어머, 도련님 이걸 기억해요? 구름이 달을 가려서 눈 끔뻑하니까 사라졌던데?"

"요괴도를 파전이라고 생각해 봐. 선유댁이 파전을 줄 때 늘 가로세로로 잘라 줬잖아. 요괴도도 이렇게 잘라서 기억하면 떠올리기 쉬워."

"아, 파전 먹고 싶다."

득보가 침을 꼴깍 삼켰다.

"그런데 요괴를 만나면 바로 잡아야겠지? 요괴랑 말이 통할까?"

공탁이 가람을 보며 물었다.

"그럼."

"그걸 네가 어떻게 알아?"

"나한테도 요괴의 피가 흐르니까. 나도 반은 요괴야."

가람의 짙푸른 눈동자가 더 반짝였다. 득보는 어깨를 흠칫 움츠리며 겁에 질린 눈으로 가람을 쳐다보았다.

"너도 다른 요괴처럼 힘이 있어?"

공탁이 아무렇지 않은 척 물었다.

"난 그냥 요괴를 알아볼 수만 있고 다른 힘은 없어. 이제 그만 출발하자!"

가람이 자리에서 일어나 엉덩이에 묻은 흙먼지를 툭툭 털었다. 공탁과 득보도 엉거주춤 일어섰다. 걸어가는 동안 득보가 요괴환으로 가람을 슬쩍슬쩍 건드려 보았지만 가람은 끄떡없었다. 그 모습을 본 공탁은 자기도 모르게 안도하며 미소 지었다.

파도 소리와 복숭아꽃으로 가득했던 입구와 달리 섬 안으로 들어갈수록 돌, 바위, 시든 나무가 많았다. 버석거리는 낙엽 소리와 스산한 바람만 귓가를 스쳤다.

돌부리를 피하며 계속 걷던 아이들 앞에 무언가 나타났다. 고개를 잔뜩 젖혀도 끝이 보일 듯 말 듯한 거대한 나무가 우뚝 솟아 앞길을 가로막았다. 넝쿨손에 휘감긴 등나무였다.

"아이고, 이 나무는 끝도 없이 크네. 누워서 봐야 끝이 보이겠어!"

득보가 나무 꼭대기를 찾다가 뒤로 벌렁 넘어졌다.

나무 주변에는 나팔꽃 넝쿨이 가득했다. 바닥에는 두껍고 보드라운 이끼가 자라 마치 푹신한 이불 같았다. 꽃들은 꽃잎을 꼭 다문 채 잠든 것처럼 보였다. 그때 어디선가 쌕쌕거리는 낮은 숨소리가 들렸다.

"어? 어디서 숨소리가 들리는데?"

공탁이 고개를 갸우뚱했다.

"쉿, 누가 자나 봐."

가람이 속삭였다.

"나팔꽃이 밤이라서 자나?"

득보도 한마디 보탰다.

조용히 주변을 살피던 가람이 등나무 뒤쪽을
보더니 우뚝 멈춰 섰다.

"왜? 뭐가 보여?"

공탁이 물었다.

"나, 나무 요괴 대장이야. 도망쳐!"

가람의 말이 끝나기가 무섭게 사방에서 넝쿨이 스르르

풀렸다. 넝쿨은 순
식간에 수십 개의 손이
되어 아이들을 향해 빠른
속도로 다가갔다. 공탁
과 가람이 헐레벌떡 도
망쳤다. 하지만 득보는
두 다리가 얼음이 된 듯

굳어 있었다. 가만히 서서 빠르게 다가오는 넝쿨 손을 바라만 보았다. 넝쿨 손이 다리를 감쌌고 득보는 공중에 거꾸로 매달렸다. 그제야 득보의 입에서 날카로운 비명이 나왔다.

"악! 살려 줘! 살려 줘요. 도련님! 가람아!"

정신없이 달리던 공탁이 비명을 듣고 뒤를 돌아보았다. 넝쿨 손에 붙잡힌 득보는 마치 거미줄에 걸린 하루살이 같았다. 득보가 벗어나려 발버둥을 칠수록 넝쿨 손은 더욱 단단히 조여들었다. 공탁이 득보를 잡은 넝쿨 손을 향해 요괴환을 던졌지만 근처도 가지 못하고 바닥에 떨어져 산산조각이 났다. 요괴환 조각이 나무 줄기에 박히자 득보를 감쌌던 넝쿨 손이 스르륵 풀렸다. 두껍게 깔린 이끼 위로 득보가 떨어졌다.

"야! 정신 차려!"

가람이 득보의 얼굴을 흔들었다. 곧 수많은 넝쿨 손이 아이들을 포위했다. 어디선가 낮은 목소리가 들렸다.

"인간이 어떻게 여기까지 왔는가. 아, 인간이 아닌 이도 함께 있구나."

나무 요괴가 천천히 진동하며 소리를 냈다. 가람은 조심스레 주머니에 손을 넣어 요괴환을 쥐었다. 그때, 마치 모든 것을 알고 있다는 듯 넝쿨 손이 다가와 가람의 팔을 휘감았다.

"딴생각은 조금이라도 하지 않는 게 좋을 거다. 하찮은 주술로 만든 구슬 따위로 몇백 년 된 나무 요괴를 봉인할 수 있을 것 같으냐?"

"저, 저희 이야기를 좀 들어 보세요. 저희도 여기 오고 싶어서 온 게 아니에요. 강제로 끌려왔다고요."

공탁이 공손하게 말했다.

"누가 너희를 여기까지 데리고 왔느냐? 게다가 왜 아무 잘못도 없는 요괴를 잡으려고 하는가?"

"당신을 해치려던 건 아니었어요. 사실대로 말하면 저희를 그냥 보내 줄 건가요?"

"나를 잡으려 한 죄가 괘씸해서 너희를 넝쿨 손 먹이로 줄수도 있지. 가뭄이 심해 넝쿨 손도 무척 목이 마를 거야. 순식간에 너희를 쪽쪽 빨아 먹을걸. 하지만 솔직하게 말한다면 목숨은 살려 주겠다."

"저희도 속아서 여기 오게 된 거예요. 사실 요괴도가 진짜 있으리라고는 생각도 못 했어요. 엽주 아저씨가 우물가 여인

을 반드시 데려오라고 했어요. 요괴환으로 요괴도 잡고요."

나무 요괴는 공탁의 팔목에서 영롱하게 빛나는 팔찌를 놓치지 않았다.

"요괴도 중앙으로 가려는 거냐? 안 그래도 내가 도화님을 만나러 가려고 했어. 하지만 나는 아주 천천히 움직일 수밖에 없지. 한참을 왔는데 아직도 갈 길이 멀어. 넝쿨 손을 뻗는 데도 한계가 있고. 도화님께 무슨 일이 생긴 건지 나무 정령을 보내도 답신이 없어 내가 직접 가 보려고 했지."

나무 요괴가 한결 부드러운 목소리로 말했다.

"지금 당장 당신의 소식을 전할게요. 저희를 보내 주세요. 그 은혜는 절대로 잊지 않을게요."

나무 요괴가 커다란 가지를 흔들자 가지 끝에 나뭇잎 봉투가 생겨났다.

"도화님께 이 서찰을 전해다오. 동쪽 땅의 기운이 쇠해 가뭄이 갈수록 심해지고 있어. 생명의 기운이 없는 메마른 땅에서 더는 버티기 힘들어."

"그래서 이렇게 황량하군요."

득보가 주변을 둘러보며 말했다.

"그래. 그러니 어서 가서 도화님을 찾거라. 단, 파란 눈을 가진 저 아이는 여기 두고 가거라."

나무 요괴가 기다란 가지 끝으로 가람을 가리켰다. 순간 가람의 눈이 심하게 떨렸다. 가람은 공탁을 바라보며 고개를 가로저었다.

"저 아이가 길을 알아요. 함께 가야 해요."

공탁이 다급히 말했다.

"저, 저는 도련님 곁에서 한 걸음도 떨어지면 안 돼요! 제가 우리 도련님 그림자거든요."

득보도 공탁의 등 뒤에 숨은 채 말했다.

"꼭 도화님께 서찰을 전하겠습니다. 벗들을 남기는 대신 제가 정말 아끼는 걸 드리고 갈게요. 하나밖에 남지 않은 제 어머니의 물건이에요."

공탁이 팔찌를 가지 끝에 걸자 가지가 가늘고 빠르게 흔들렸다.

"네 어머니의 물건이라고? 이건 아주 특별한 구슬로 만든 건데……. 알겠다. 어서 가거라."

"이거 얼마 안 되지만 목마른 넝쿨 손과 나눠 드세요."

가람이 물병을 넝쿨 손에게 건네주었다.

아이들은 뒤도 돌아보지 않고 허둥지둥 길을 떠났다. 넝쿨 손 하나가 끊임없이 뻗어 나와 섬 중앙으로 가는 길을 알려 주었다.

공탁이 뒤를 돌아보자, 저 멀리 나무 요괴 가지 끝에 걸린 팔찌에서 형형색색의 빛이 뿜어져 나왔다.

5

쥐 요괴가 된 득보

아이들은 한동안 말없이 걸었다. 바위와 마른 풀이 가득했던 주변이 조금씩 달라지기 시작했다. 퀴퀴한 공기가 산뜻해졌고 화려한 열매가 가득 열린 나무도 하나둘 보였다.

"여긴 좀 다르네요. 나무 요괴의 영역을 벗어났나 봐요. 아까는 정말 죽는 줄 알았어요. 넝쿨 손이 제 몸을 막 감싸고 빨랫감처럼 비틀어 짜더라고요. 이렇게 죽는구나 싶어서 아찔했어요."

주변이 달라진 걸 느낀 득보가 두리번거렸다. 축 처진 눈썹이 유난히 더 아래로 내려왔다.

"그나마 두꺼운 이끼 위로 떨어져서 다행이야."

가람이 무심히 말했다.

"내가 낙법을 좀 알지. 도망가는 데 낙법은 필수거든."

"자랑이다. 자랑이야."

아이들은 오솔길로 접어들었다. 길을 따라 과실이 주렁주렁 열린 나무가 줄지어 서 있었다. 향긋하고 달콤한 내음이 연신 풍겼다.

"도련님, 배가 너무 고픈데 이 열매를 먹어도 될까요?"

득보가 코를 벌렁거렸다.

"득보야, 네 보따리에 주먹밥이 좀 남지 않았어?"

"아까 넝쿨 손이 저를 들어 올렸을 때 모조리 다 떨어졌지요. 가람이가 물병마저 쥐 버려서 마실 물도 없고요. 이러다 배고프고 목말라서 쓰러질지도 몰라요."

"이 열매는 독이 있는 것 같아. 저쪽에서 산딸기 냄새가 나는데, 저리로 가 보자."

가람이 나무 열매를 살피더니 인상을 찌푸렸다.

"오! 산딸기! 나는 아무 냄새도 안 나는데 가람이 너는 산딸기 냄새를 어떻게 맡았어? 신기하네."

"그냥 알아. 달콤한 향이 나."

가람이 가리킨 곳을 향해 걸어가 보니 산딸기밭이 눈앞에 펼쳐졌다. 득보는 두 주먹 가득 산딸기를 따 입에 넣었다. 공탁도 입안 가득 넣고 싶었지만, 체면을 차리느라 슬쩍 한 알만 따서 입안에 넣었다.

"윽. 시다."

"잘 익은 산딸기를 구분할 줄 모르는구나."

가람은 인상을 찌푸린 공탁에게 잘 익은 산딸기 한 알을 건네며 웃었다.

"아까 나무 요괴가 했던 말, 인간이 아닌 이가 함께 있다는……. 그거 네 얘기지?"

공탁은 가람의 웃는 모습이 무척 귀여워 보여 당황하며 말을 돌렸다.

"아까 말했잖아. 나한테도 요괴의 피가 흐른다고."

"어떻게 그런 일이 가능한 거야?"

"나도 우리 엄마가 요괴였다는 거밖에 몰라. 엄마가 어떤 요괴였는지, 내가 어떻게 태어났는지, 왜 나를 엽주 아저씨가 키웠는지 아는 게 없어서 답답해."

"엽주 아저씨가 너를 키웠다고?"

"응. 엽주 아저씨는 자기가 내 아버지라고 했지만, 나는 믿지 않아. 그 사람은 내가 필요해서 키운 것 같거든. 나를 이용만 하려는 사람이 정말 아버지일까?"

"아, 아버지라고? 아니, 잠시만. 엽주 아저씨가 널 이용한다고?"

"귀하게 자란 너는 모르겠지. 장터고 마을이고 인간만 산다고 생각하겠지만 곳곳에 요괴도 함께 살고 있어. 몇몇 요괴는 사람으로 변신해 살아가지. 사람과 사랑에 빠진 요괴도 제법 많아."

"그게 무슨 말이야? 요괴랑 인간이 함께 산다고?"

"나를 봐. 반은 사람이고 반은 요괴잖아. 네가 아는 세상이 전부가 아니야. 어제 만난 사람이 요괴일 수도 있단 말이지. 나는 딱 보면 누가 요괴인지 한번에 알아볼 수 있어. 아무리 본모습을 감춘다 하더라도 날 속일 순 없지. 엽주 아저씨는 내 능력을 이용해 숨은 요괴들을 잡아갔어. 요괴들은 요괴환에 갇힌 채로 팔려 나갔지."

"엽주 아저씨가 널 그렇게 이용했구나."

"더는 이용당하고 싶지 않아서 한동안 도망 다녔지만 엽주 아저씨는 내가 어디에 있든지 잘도 찾아냈어. 나는 도망가는 대신 입을 꾹 닫고 방 안에서 꼼짝도 하지 않았어. 그랬더니 얼마 전부터 나한테 새로운 일을 시키더라고."

"무슨 일?"

"공탁, 너를 감시하는 일. 널 계속 지켜보다가 너한테 새로운 물건이 생기면 바로 데리고 오라고."

"그럼 넌 내가 처음 그림을 보여 줬을 때부터 우리가 요괴도에 오게 될 줄 다 알고 있었다는 거네? 나랑 득보를 속인 거야?"

"나도 어쩔 수 없었어. 그리고 요괴도에서 혹시 엄마 소식을 알 수 있을지도 모르니까."

"너도 엄마를……."

그때 득보가 공탁에게 다가왔다. 득보는 열매즙으로 범벅이 된 얼굴로 두 손 가득 진갈색 열매를 들고 있었다.

"도, 도련님, 무슨 소리 안 들려요? 새소리 같기도 하고 생쥐 소리 같기도 한데……."

"아무 소리도 안 들리는데? 그나저나 배부르게 먹었나 보네. 얼굴을 보니 요괴도에서 나는 산딸기를 득보 네가 다 먹은 거 같아."

"너 도대체 무슨 열매를 먹은 거야?"

가람이 얼굴을 찌푸렸다.

"저쪽에 가면 신기하게 생긴 열매가 잔뜩 열렸어. 신통하게 고기 맛이 나."

"열매가 고기 맛이라고? 냄새가 고약한데? 쥐가 좋아하는 시궁창 냄새야."

"에이, 난 잘 모르겠는데? 엄청 맛있어. 한번 먹어 봐!"

"너 배부르면 이만 여기서 떠나자. 왠지 께름칙해."

득보가 열매를 내밀었지만 가람은 고개를 돌렸다.

"나도 별로 먹고 싶지 않아. 가자, 득보야."

공탁도 주변을 둘러보며 말했다.

"흠, 맛있는데. 갑니다, 가요."

득보는 손에 든 열매를 입안 가득 밀어 넣고 우물우물 씹었다. 아이들은 어둠 속에서 번쩍이는 작은 눈들이 자기들을 지켜본다는 것을 알지 못했다.

길을 떠난 지 얼마 되지 않아 득보의 얼굴이 붉어졌다.

"아, 왜 이러지? 온몸이 가려워요. 특히 입 주변이 너무 가려워요"

득보가 온몸을 벅벅 긁었다.

"여기서 좀 씻어 봐. 열매즙 때문인가?"

냇물을 발견한 공탁이 득보를 불렀다.

"아휴, 가려워라."

득보는 냇가로 달려가 어푸어푸 세수를 했다.

"드, 득보야. 너……."

"수염이 생겼어."

득보가 세수를 마치고 고개를 들자 공탁과 가람의 눈이 동시에 휘둥그레졌다.

"네? 뭐라고요?"

득보는 서둘러 냇물에 자기 얼굴을 비춰 보았다. 입 주변에 기다란 수염이 서너 가닥 보였다. 당황한 득보가 뭐라 말하기도 전에 갑자기 펑 소리가 났다. 득보는 사라지고 옷만 바닥에 덩그러니 남았다. 공탁이 서둘러 득보의 옷을 들춰 보자 작고 통통한 연갈색 생쥐 한 마리가 오들오들 떨고 있었다. 생쥐의 작은 눈에는 눈물이 고였다.

가람이 허둥대며 득보의 옷을 챙겼다. 그때 주머니에서 요괴환 하나가 떨어져 냇물에 빠지고 말았다.

"아, 이런. 요괴환을 잃어버렸어."

"득보를 어떻게 다시 사람으로 만들지? 요괴도를 무사히 빠져나갈 수 있을까?"

당황한 공탁과 가람이 서로 자기 말만 중얼거렸다.

"이봐, 도련님! 너한테 요괴환이 하나 남았고, 나한테 두 개 남았어. 세 개 정도면 섬 중앙까지 갈 수 있을 거야."

가람이 공탁의 눈을 똑바로 바라보며 말했다.

"득보, 득보가 다시 사람으로 돌아올 수 있을까?"

"정신 바짝 차려. 우리가 방법을 찾아야 해."

공탁은 가람의 푸른 눈을 보며 고개를 끄덕였다. 그때 근처 풀숲이 마구 흔들리더니 생쥐 요괴 열댓 마리가 달려 나왔다. 생쥐 요괴들은 공탁의 주먹보다 조금 더 컸다. 모두 갈색이었고 산딸기잎과 줄기를 꼬아 만든 갑옷을 입고 있었다. 공탁은 서둘러 득보를 주머니에 넣었다.

"네 이놈들! 찍! 우리 영역에 들어왔으면 곱게 인사나 하고 지나갈 일이지! 감히 우리가 아끼는 열매를 다 먹어 치워? 괘씸하다! 찍찍! 용서하지 않겠다!"

생쥐 요괴의 목소리는 모깃소리처럼 작았지만, 발음은 또렷했다.

덩치가 가장 큰 생쥐 요괴가 가람의 발등을 가시로 찔렀다. 가람은 요괴환을 던져 생쥐 요괴를 봉인했다.

"아니! 저놈들이 대장님을 잡았다. 찍찍."

"대장을 구하자! 찍찍."

나머지 생쥐 요괴들이 가람의 발등을 타고 기어 올라갔다.

공탁이 요괴환을 꺼내려 주머니에 손을 넣자 말린 도라지가 손에 잡혔다.

"도련님, 찍찍. 제가 가지고 다니던 말린 도라지를 생쥐들한테 주세요!"

"그래, 알았어. 몇 개 없는 요괴환으로 저 생쥐들을 다 잡을 수는 없지."

생쥐 요괴들이 가람이 손에 쥔 요괴환을 향해 달렸다. 가람은 요괴환을 빼앗기지 않으려고 팔을 높이 들었다. 공탁이 가장 앞서는 생쥐 요괴의 코 앞에 도라지를 들이밀었다.

"아!"

생쥐 요괴는 도라지 향기에 취한 듯 갑자기 동작을 멈추고 무기를 툭 떨궜다. 다른 생쥐 요괴들도 도라지 주위로 몰려들었다.

안도의 숨을 내쉬던 그 순간, 공탁의 바지를 타고 몰래 올라온 생쥐 요괴 두 마리가 득보의 입을 산딸기잎으로 틀어막은 채 바닥으로 뛰어내렸다.

"어휴, 팔 아파 죽는 줄 알았네. 그런데 도라지는 어디서 난 거야?"

가람이 높이 쳐들었던 손을 내리며 어깨를 주물렀다.

"득보가 가지고 다니던 거야. 어! 득보가 사라졌어."

"뭐? 주머니에 있었잖아!"

공탁이 주머니에 손을 넣었지만, 아무것도 없었다. 바닥을 살펴보니 도라지에 매달린 생쥐 요괴 몇 마리를 제외하고는 모두 사라진 뒤였다. 저 멀리 생쥐 꼬리가 수풀 속으로 스르르 들어갔다.

"너희 열매를 함부로 먹어서 미안해. 우린 무척 배가 고팠어. 그리고 주인이 있는 열매인지 몰랐어."

공탁이 최대한 몸을 낮춰 도라지에 취한 생쥐 요괴에게 말했다.

"그래그래, 그럴 수도 있지. 찍찍."

"저, 혹시 다른 생쥐들이 어디로 갔는지 알려 줄래? 내 친구를 데려갔어."

"음, 소굴로 데려갔나 보네. 들들 갈아서 쥐 열매 거름으로 주려나? 찍찍."

"뭐라고?"

공탁이 놀라 소리치자 도라지를 먹던 생쥐 요괴들의 눈빛이 변했다. 생쥐 요괴들이 순식간에 사방으로 흩어졌다.

"어떡하지? 득보를 갈아 버린대."

공탁이 발을 동동 굴렀다.

"찾아야지. 일단 지독한 냄새가 나는 열매를 찾자. 득보가 먹던 게 쥐 열매 같아."

"그래. 알았어."

공탁은 생쥐 요괴들이 버리고 간 도라지를 주워 들었다. 그리고는 가람과 함께 왔던 길을 되짚어가며 나무를 살폈다. 득보가 열매를 잔뜩 쥐고 나왔던 곳에 도착하자 대장 생쥐 요괴가 봉인된 요괴환이 번쩍거렸다.

"이쪽인가 본데?"

"가 보자."

우거진 수풀 사이로 좁은 틈이 보였다. 수풀을 뒤적거리자 진갈색 열매가 나왔다. 공탁과 가람은 열매에 손을 대지 않았다. 둘은 무릎을 꿇고 기어서 수풀 속으로 들어갔다. 땅에 얼굴을 가까이 대자 무수히 많은 발자국이 보였다. 발자국 끝에는 아이 머리만 한 돌덩이가 놓여 있었다. 공탁이 돌덩이를 옆으로 치웠다.

"땅굴인가 봐."

"파 보자."

공탁과 가람은 땅굴을 파기 시작했다. 한 척을 파 내려가자 갑자기 생쥐 요괴들이 우르르 튀어나왔다.

"으악, 저리 가!"

가람이 벌떡 일어나 나뭇가지를 꺾어 휘둘렀다. 공탁은 땅굴을 계속 팠다. 이번에는 아이 손바닥만 한 돌멩이가 나왔다. 돌멩이를 치우고 흙을 더 파내자 좁은 땅굴이 나왔다. 생쥐 한 마리가 입에 산딸기잎을 물고 눈물을 방울방울 흘리고 있었다. 축 처진 눈썹과 유난히 벌렁거리는 콧구멍이 득보와 겹쳐졌다.

"득보? 득보 맞지?"

공탁이 반갑게 외치자 눈물을 흘리던 생쥐가 고개를 끄덕였다. 공탁이 득보를 손바닥에 올려놓았다.

"자, 향이 좋은 도라지야. 이걸 받고 화를 풀면 좋겠어."

공탁이 발아래에서 찍찍거리는 생쥐 요괴들 앞에 도라지를 내려놓았다.

"하! 찍찍."

"산딸기보다 훨씬 맛있고 좋네. 찍찍."

"사과하면 받아 주는 게 도리지. 찍찍."

생쥐 요괴들은 황홀한 도라지 향내에 취했다.

"생쥐로 변한 이 친구를 어떻게 되돌릴 수 있어?"

"응? 우린 모르지. 대장이 만든 열매를 먹고 생쥐로 변했으니 다시 사람이 되는 방법도 대장이 알겠지. 찍찍."

어느새 몰려온 구름이 푸른 보름달을 가리자 생쥐 요괴들의 눈이 붉게 빛났다.

"아, 먹구름이 몰려온다. 찍찍. 우리 소굴은 다 망가져서 다른 곳으로 가야 해. 찍찍. 아, 도화님이 너희 친구를 사람으로 되돌릴 방법을 알고 계실지도 몰라. 도화님은 요괴도의 수호자니까. 도라지는 우리가 접수한다. 다시는 우리 열매를 함부로 따 먹지 마. 찍찍."

"아니, 잠시만!"

공탁과 가람의 부름에도 생쥐 요괴들은 허둥지둥 더 깊은 수풀 속으로 달아났다. 어둠 속에 공탁, 가람, 득보만 덩그러니 남았다. 대장 생쥐 요괴를 봉인한 요괴환이 가람의 손안에서 붉게 빛났다.

6

북쪽 동굴의 꽁지새

빗방울이 한두 방울 떨어지기 시작했다.

"비를 피할 만한 데가 어디 있으려나?"

공탁이 주변을 둘러보았다.

"저쪽 하늘엔 아직 별이 보여. 저리로 가 보자."

가람이 가리킨 곳은 먹구름이 미처 가리지 못한 북쪽 하늘이었다. 공탁은 요괴도의 지도에서 북쪽 동산에 동굴 표시가 있던 걸 떠올렸다.

빗방울이 점점 더 거세졌다. 고민할 겨를도 없이 공탁은 하늘을 가리키던 가람의 손을 잡았다. 얼음장처럼 차가운 가람의 손에 온기가 전해졌다. 둘은 쏟아지는 비를 고스란히 맞으며 걸음을 재촉했다. 먹구름은 가득 머금은 비를 다 뿌리고 나서야 사라질 기세였다.

얼마나 걸었을까. 동굴은 쉽사리 보이지 않았다. 가람은 요괴환으로 잡은 요괴의 능력을 사용할 수 있다는 엽주의 말이 떠올랐다. 가람이 공탁에게 대장 생쥐 요괴가 봉인된 요괴환을 건넸다.

"능력을 사용하려면 손안에서 요괴환을 세 번 굴려 봐. 나도 엽주 아저씨한테 얼핏 들어서 진짜 효과가 있을진 모르겠지만."

"알았어. 한번 해 볼게."

공탁이 눈을 감고 요괴환을 살살 굴렸다. 요괴환을 세 번 굴리자 손이 점점 따듯해졌다. 잠시 후 공탁이 눈을 떴다. 공탁의 눈은 붉게 변해 있었다.

"진짜네. 진짜 되네."

가람이 감탄을 내뱉었다.

공탁은 앞장서서 나무와 풀을 헤치고 나아갔다. 어둠 속에서 생쥐 요괴의 시력이 빛을 발했다. 길은 점점 경사가 가파른 오르막길로 변했다. 가람이 느려지자 공탁은 여러 번 손을 내밀어 가람을 끌어 주었다.

어느새 비가 그쳐 갔다. 먹구름이 지나가자 보름달이 다시 길을 비추었고 눈앞에 동굴 입구가 보였다.

"조금만 쉬었다 가자. 비를 너무 많이 맞았어."

요괴환을 주머니에 넣자 공탁의 눈빛이 다시 원래대로 돌아왔다.

동굴 입구는 허리를 잔뜩 숙이고 천천히 들어가야 할 만큼 낮았지만 두세 걸음 걸어 들어가자 이내 널찍한 공간이 나왔다. 동굴 안은 뿌연 안개로 가득했다.

"어쩐지 여기에도 요괴가 있을 거 같은데?"

"있겠지. 이 섬 자체가 요괴 소굴인데."

"너도 반은 요괴잖아."

공탁의 농담에 가람이 눈을 흘겼다. 그때 머리 위로 무언가 재빠르게 날아갔다.

"악, 뭐지?"

"바, 박쥐인가?"

"모르겠어."

"조금 더 안으로 들어가 보자."

오들오들 떠는 가람을 보고 공탁이 말했다.

공탁과 가람은 동굴 안으로 조금씩 조금씩 걸음을 옮겼다. 어느 순간 동굴 안 공기가 따뜻해졌다.

"동굴 안인데도 낮처럼 환하네. 바람도 따뜻해. 조금만 쉬었다가 얼른 다시 출발하자. 해가 뜨면 우린 영원히 요괴도에 갇혀 버릴 거야."

"그래. 나야 반은 요괴라 괜찮을지 몰라도 귀한 도련님은 요괴도에 갇히면 안 되지. 아무렴."

공탁과 가람은 동굴 벽에 기대앉았다. 득보도 가람의 겉옷 주머니에서 나와 동굴 안을 여기저기 돌아다녔다. 그때, 새 한 마리가 공탁과 가람 앞으로 날아왔다. 새는 몸집은 작지만, 당찬 기운을 뿜어냈다. 꽁지 길이가 자기 몸의 열 배는 더 길어 보였는데, 꽁지가 바닥에 끌리자 먼지가 거세게 일었다.

"콜록콜록, 에췌! 꽁지가 긴 새야. 네가 이 동굴의 주인이니? 조금만 쉬었다 갈게. 허락해 줄래?"

공탁이 허공에 손을 내저으며 말했다.

"나도 비를 피하려고 잠시 들른 거뿐이야. 이 동굴과 요괴도의 주인은 따로 있어. 여기 사는 우리 모두를 지켜 주시는 분이지."

"너도 요괴니?"

꽁지새의 이야기를 가만히 듣던 가람이 물었다.

"응. 내 꽁지 깃털에 능력이 있거든. 그런데 바깥세상에 나갔다가 인간한테 잡혀서 꽁지 깃털을 모조리 뽑힌 친구들

도 있대. 앗? 그러고 보니 너희도 인간이야?"

"아, 난 반은 인간이고 반은 요괴야. 절대로 네 깃털을 뽑는 짓은 하지 않아. 걱정하지 마."

"내 깃털을 뽑지 않겠다니 다행이야. 난 좀 쉬어야겠어."

꽁지새가 날개 깃털을 다듬으며 눈을 감았다.

"여기 요괴들은 다 작고 힘도 별로 없는 거 같아. 서라벌에서 들은 요괴 이야기와 너무 달라. 요괴가 아이를 잡아먹고 전염병을 퍼뜨린다고 했거든."

꽁지새를 보며 공탁이 가람에게 속삭였다.

"나도 잘은 모르지만 악한 요괴는 술사들이 다 잡아 없앤다고 들었어. 처음엔 나도 그런 줄 알고 엽주 아저씨를 도운 거고.

"그럼 여기 요괴들은 좀 다른 건가?"

"요괴도는 약하고 선한 요괴들의 집이야. 도화님이 우리같이 힘없는 요괴를 위해 만든 곳이거든."

자는 줄 알았던 꽁지새가 끼어들었다.

"도화님? 그분이 도대체 누구야?"

공탁이 마침내 궁금했던 질문을 꺼냈다.

"그분은 천인이야. 하늘의 기운을 다스리는 종족."

"천인? 천인이 왜 요괴도를 만든 거야?"

"흥! 항상 인간이 문제지. 자기보다 힘없는 종족을 괴롭히고 이용하고! 보다 못한 도화님이 요괴도를 만들어 약한 요괴를 지키려고 한 거야. 도화님이랑 엽수였나? 오랫동안 둘이서 인간과 요괴 모두를 지켰는데, 도화님이 인간 남자와 사랑에 빠져 혼인할 동안 엽수가 요괴를 인간한테 팔아넘겼다지 뭐야."

"엽수가 아니고 엽주야. 엽주 아저씨."

가람이 꽁지새의 말을 바로잡았다.

"그 이름이었던 것 같기도 하고. 아, 어쨌든 천인과 인간이 혼인하는 일은 금지야. 도화님은 금기를 깬 탓에 다시는 하늘로 돌아가지 못했어. 들리는 소문에는 아들을 하나 낳았다던데…….'

"아들은 어디 있어?"

공탁의 얼굴빛이 변했다.

"바깥세상에 두고 왔다고 들었어. 아이 아버지가 보내지 않았다는데."

공탁은 머릿속에 흐릿한 안개가 조금씩 걷히는 것 같았다. 득보가 축축한 공탁의 손바닥 위에 자리를 잡고 앉았다. 꽁지새는 긴 꽁지 깃털을 펄럭거리며 신나서 말을 이었다.

"옛날에는 요괴랑 인간이 서로 가까이 살았지만 각자 영역을 침범하지 않았대. 사이좋게 함께 살아간 거야. 하지만 엽주 같은 요괴 사냥꾼이 등장하면서 요괴와 인간 사이에 전쟁이 일어났고, 나처럼 작은 요괴들이 많이 죽었어. 우리는 인적이 드문 곳으로 도망가기도 하고, 인간을 공격하기도 했지만, 수세에 몰렸지. 결국 도화님이 모든 술법을 동원해 요괴도를 만들었고, 방어 결계로 아무도 못 들어오게 했대. 짜잔! 도화님이 우리의 수호자가 된 거지."

"그런데 왜 푸른 보름달이 뜰 때만 요괴도로 들어오는 길이 열리는 거야?"

가람이 공탁의 눈치를 보며 꽁지새에게 물었다.

"도화님의 힘이 제일 약해지는 시기거든. 푸른 보름달이 뜨는 날, 도화님이 아들을 낳았어. 그때 기력을 다 소진하는 바람에 칠 년에 한 번씩 푸른 보름달이 뜨면 결계가 제일 약해지는 거래."

"넌 정말 아는 게 많구나."

"원래 새들이 소식통인 거 몰랐어? 그런 말도 있잖아. 낮말은 새가 듣고, 밤말도 새가 듣는다!"

"밤말은 쥐 아니야? 나 같은 쥐?"

득보가 고개를 갸우뚱했다.

"어쨌든, 우리는 세상에 떠도는 소식을 다 들어. 잠깐, 가만있어 보자. 너희는 요괴도에 왜 왔어?"

"이제야 묻는 거야? 찍찍."

"이제라도 묻는 게 어디야. 너희는 왜 여기까지 온 거야?"

"우리는 도화님을 만나야 해. 엽주 아저씨가 요괴도 잡고 도화님도 데려오라고 여기로 보냈어."

묵묵히 있던 공탁이 입을 열었다.

"뭐라고? 그럼 너희는 엽주 편이야? 요괴를 잡는다고? 도화님도 데려간다고?"

꽁지새가 놀라서 날개를 활짝 펼쳤다.

"아, 아니야. 우리도 협박당했어. 우린 널 잡지 않을 거야. 약속해. 이제 그만 가야겠다. 꽁지새야, 이야기를 들려줘서 고마워. 우린 해가 뜨기 전에 섬 중앙에 도착해야 해."

가람이 자리에서 벌떡 일어났다.

"거기야 지름길로 가면 눈 깜짝할 사이에 도착하지!"

"지름길이라고? 어떻게 가는지 알려 줄 수 있어?"

공탁이 자리에서 일어나며 말했다.

"그럼! 우리 꽁지새들은 이야기하는 걸 좋아하는데, 너희처럼 이야기를 잘 들어 주는 이들은 별로 없거든!"

꽁지새가 긴 꽁지 깃털을 이리저리 휘저으며 말했다.

"동굴 뒤로 난 길을 따라 쉰 걸음을 걸어가. 거기 폭포가 있어. 좀 높긴 하지만 코를 막고 뛰어내리면 돼. 폭포가 섬 중앙 우물과 연결되어 있거든."

"뛰, 뛰어내리라고? 절벽에서?"

"응. 너희는 나보다 무거워서 더 빨리 섬 중앙 우물에 도착할 거야."

떨떠름한 표정을 한 아이들에게 꽁지새는 자기의 꽁지 깃털을 뽑아 건넸다. 득보가 작은 앞발로 깃털을 꼭 잡았다.

"이렇게 만난 것도 인연이니 선물로 줄게. 너희가 가고 싶은 방향으로 깃털을 세 번 흔들어 봐. 요긴하게 쓸데가 있을 거야."

꽁지새는 고개를 까딱하고는 꽁지로 바닥을 쓸며 잽싸게 날아갔다.

아이들은 꽁지새가 알려 준 대로 동굴 밖으로 나가자마자 뒤로 돌아 쉰 걸음을 걸었다. 과연 그곳에는 폭포가 있었다. 물이 떨어지고 있었으나 소리가 나지 않는 신기한 폭포였다. 공탁은 절벽 아래와 가람을 번갈아 보았다. 가람이 고개를 절레절레 흔들었다. 득보도 가람의 겉옷 주머니 안에서 바들바들 떨었다.

"가자. 시간이 별로 없어."

공탁이 결심을 굳힌 듯 말했다.

"나…… 높은 데를 별로 안…….”

가람이 말을 채 마치기도 전에 공탁이 가람의 손을 잡고 절벽에서 뛰어내렸다.

폭포에 흐르는 물은 포근한 솜이불 같았다. 푹신하고 아늑해 마치 어머니 품 같았다. 공탁은 눈을 감은 채 가람의 손을 더 꼭 쥐었다.

7

다시 만난 어머니, 도화

달그락달그락, 공탁의 귓가에 그릇을 씻는 소리가 어렴풋이 들려왔다. 공탁은 천천히 눈을 떴다. 으스스한 밤공기에 온몸이 떨렸지만 가람과 마주 잡은 손만은 따듯한 온기를 간직했다. 가람의 겉옷 주머니에는 여전히 생쥐 모습을 한 득보가 정신을 잃고 뻗어 있었다.

공탁이 평상에서 벌떡 일어나 주변을 둘러보았다. 근처에 우물과 복숭아나무 한 그루가 보였다. 한 여인이 나무 아래에서 화롯불에 차를 끓이고 있었다. 공탁은 살그머니 일어나 여인에게로 다가갔다.

한 걸음 한 걸음 다가갈수록 심장은 더 세게 쿵쾅거렸다. 걸음마다 공탁은 한 해씩 어려져 일곱 걸음을 갔을 때 여섯 살이 되어 버린 듯했다. 공탁은 여인이 왠지 익숙했다. 7년을 마음으로, 붓으로 그렸던 사람, 바로 어머니였다.

도화가 자리에서 일어나 자신을 향해 걸어오는 공탁에게 환한 미소를 지었다. 이미 공탁이 올 것을 알았다는 듯이.

"어, 어머니! 맞죠?"

공탁은 마음속에 쌓아 둔 서운함과 미움을 모두 던져 버리고 도화를 향해 달려갔다. 도화는 고개를 끄덕이며 공탁을 꼭 끌어안았다. 공탁은 한참을 도화의 품에 안겨 있었다. 도화도 아무 말 없이 공탁의 등을 쓰다듬었다. 복숭아꽃이 비처럼 흩날렸고 푸른 달빛이 두 사람을 비췄다.

"고맙게도 참 잘 커 주었구나."

"어머니가 그리웠어요. 보고 싶었어요."

"나도 네가 그리웠단다. 언젠가 네가 날 만나러 오리라 생각해서 요괴도로 올 수 있는 그림을 숨겨 두었어. 네 아버지가 내 흔적을 모두 없앨 거 같아 너만 그림을 떼어 낼 수 있게 주문을 걸어 두었단다. 다행히 잘 찾았구나."

"네. 하지만 어떤 그림인지 알아보려다가 그만……."

"괜찮다. 다 괜찮아. 이렇게 보니 참 좋구나."

어느새 정신을 차린 가람이 두 사람 곁으로 다가왔다. 득보도 가람의 손바닥 위에서 코를 킁킁댔다.

"여기까지 오느라 모두들 고생이 많았구나. 자, 일단 차 한잔 마시렴."

도화는 평상에 찻잔을 놓으며 공탁과 가람에게 차를 권했다. 그때 득보가 도화 앞으로 쪼르르 달려갔다.

"저 득보예요. 득보! 찍."

"아, 득보가 쥐 열매를 아주 많이 먹은 모양이구나. 잠시만 기다려 봐라. 해독제를 먹으면 다시 인간으로 돌아올 수 있을 거야."

도화는 방 안으로 들어가 약재 통을 열었다. 작은 절구에 해독제를 빻아 차에 뿌려 잘 섞었다. 득보가 차를 한두 모금 마시자 도화는 갓난아기를 트림시키듯 등을 톡톡 두드려 주었다.

"꺼억!"

한참 동안 도화의 손길을 받던 득보가 갑자기 거대한 소리를 내며 트림을 했다. 쥐 열매 냄새가 삽시간에 퍼졌다. 공탁과 가람이 코를 그러쥐고 인상을 찌푸렸다.

사람으로 돌아온 득보가 신이 나서 마당을 뛰어다녔다. 하지만 곧 자신이 어떤 옷도 걸치지 않았다는 걸 깨닫고 바닥에 납작 엎드렸다. 가람은 뒤돌아 앉아 애써 먼 하늘만 바라보았다. 공탁이 웃으며 챙겨 두었던 옷을 득보에게 건넸다.

"어머니, 오면서 꽁지새한테 이야기를 들었어요. 어머니가 엽주 아저씨와 일했다는 게 사실이에요? 어머니는 인간이 아닌 천인인 거예요? 천인도 요괴인가요?"

"그래, 나는 천인이란다. 엽주는 한때 나의 벗이었어. 처음에는 엽주도 세상을 아름답게 하는 데 주술을 사용했단다. 어려운 이들을 도우며 말이야. 하지만 만불산을 거의 완성할 때쯤 엽주가 요괴를 거래하기 시작했어. 그 후론 순식간에 욕심에 눈이 멀었지. 돈과 권력을 맛본 엽주는 다른 술사들까지 꾀어 인정사정없이 요괴를 잡아다가 팔아넘겼고 심지어 죽이기도 했어. 나 혼자 막기에는 역부족이었단다. 결국 요괴도를 만들 수밖에 없었어."

"그럼, 어머니는 저보다 요괴가 더 중요한 거예요?"

"탁아, 그렇지 않아. 너와 함께 요괴도로 오고 싶었지만 네 아버지가 허락하지 않았단다. 만약 그때 요괴도를 만들지 않았더라면 수많은 요괴가 억울하게 죽거나 잡혀갔을 거야. 세상이 평온해지면 다시 너에게 가려 했어. 하지만 갈수록 엽주의 세력은 강해졌어."

도화가 공탁에게 바짝 다가가 손을 마주 잡았다.

"내 힘이 점점 약해지고 있단다. 오랜 시간 요괴도를 지키느라 힘을 다 소진했어. 언젠가 네 도움이 필요하다고 생각했단다. 너에게도 천인의 피가 흐르니 약한 요괴를 도울 힘이 곧 나타날 거야."

"제가 요괴를 돕는다고요?"

"네게 주어진 능력을 발견하고 키우면 가능하지. 넌 내가 남긴 그림을 바로 알아차렸어. 네 잠재력이 천천히 깨어나는 중인 거지."

"하지만 전 아무것도 할 줄 아는 게 없는걸요."

"지금 당장 요괴를 지키라는 건 아니야. 일단 네 자신부터 잘 지켜야지. 엽주의 꼬임에 쉽게 넘어가서도 안 되고."

도화가 자리에서 일어나 우물로 걸어갔다. 그러고는 아이

들에게 가까이 오라고 손짓했다. 몇 마디 주문을 외우자 칠
흑같이 검던 수면에 엽주가 나타났다. 엽주는 광기 어린 눈
을 하고 닥치는 대로 요괴를 잡아들이고 있었다. 도망가는
요괴는 단검으로 찔러 쓰러트렸다.

"엽주 아저씨가 어디서 저 작은 요괴들을 괴롭히는 거예
요? 설마, 요괴도인 거예요? 못 들어온다고 했는데! 저렇게
사악한 사람이 제 아버지라니 믿을 수가 없어요!"

가람이 화를 참지 못하고 외쳤다.

"엽주는 네 아버지가 아니야. 너를 이용한 나쁜 사람일 뿐
이지."

"그럼 혹시 제 진짜 부모님이 누군지 아시나요?"

"너는 용왕의 손녀란다. 너의 짙푸른 눈을 보고 단번에 알
아봤지. 푸른 눈을 가진 자는 흔치 않거든."

도화가 가람의 머리를 쓰다듬으며 말했다.

"부모님이 왜 저를 찾지 않았죠?"

"네 어머니는 엽주의 손에 목숨을 잃었어. 엽주가 주술로
용왕의 손녀라는 표식을 봉인해 버려서 용왕님도 널 찾지 못
한 거 같구나."

가람의 푸른 눈에 눈물이 차올랐다.

"어머니, 나무 요괴가 이걸 전해 달라고 했어요."

공탁이 나뭇잎 서찰을 조심스레 건넸다. 도화는 서찰을 손바닥에 올려놓고 눈을 지그시 감았다. 잠시 후 도화의 눈에서 눈물이 주르륵 흘러내렸다. 눈물은 투명한 구슬이 되어 또르르 바닥을 굴렀다.

"동쪽은 가망이 없구나. 생기를 잃었어. 이제 요괴도도 수명을 다했나 보다. 서쪽에 남은 작은 요괴들을 어떻게 지켜야 할지……."

도화가 맥없이 주저앉자 공탁이 일으켜 평상에 앉혔다.

"요괴들은 제가 도울게요. 어머니는 가람이가 어떻게 하면 용왕의 손녀라는 표식을 되찾을 수 있는지 알려 주세요."

"내 남은 힘으로 봉인을 풀 순 있지만, 시간이 좀 걸릴지도 몰라."

"시간이 걸리더라도 가람이를 도와주세요. 전 득보와 서쪽으로 갈게요."

"위험할 수도 있어."

"믿어 주세요. 무사히 돌아올게요."

114

"만나자마자 이렇게 힘든 일을 맡겨 미안하구나."

"괜찮아요, 어머니. 전 어머니의 아들이니까 잘 해낼 거예요. 그렇죠?"

"그래. 탁아! 네 안에 숨은 힘을, 너 자신을 믿으렴. 몸조심하고. 가람이는 걱정하지 말아라."

도화는 길을 떠나는 공탁에게 복숭아나무 가지로 만든 목검을 쥐여 주었다. 공탁은 도화를 바라보며 고개를 힘차게 끄덕였다.

"득보야, 얼른 가자."

"네, 도련님."

공탁은 남은 차를 단숨에 마시고 득보와 함께 서쪽을 향해 달렸다.

공탁이 떠나고, 도화는 가람에게 다가갔다.

"엽주의 주술은 매우 강력해서 봉인을 푸는 게 쉽지 않을 거야. 봉인이 풀린다 해도 얼마간 정신을 잃을 거란다. 언제 깨어날지는 네 의지에 달렸어. 깨어나는 데 아주 오랜 시간이 걸릴 수도 있고, 기억이 지워질 수도 있어. 그래도 해 보겠니?"

"네, 원래 모습을 되찾고 싶어요."

"용왕의 손녀이자 강의 수호신. 그게 원래 네 모습이란다. 가람은 강과 호수를 뜻하는 이름이거든."

도화는 말을 마치자마자 붓으로 흙바닥에 어지러운 문양을 그렸다.

"가람아, 이 문양 안으로 들어가 손을 가슴 앞에 모으렴."

가람이 결계로 들어가 눈을 감자 도화가 주문을 외웠다. 순식간에 결계 가운데에서 회오리바람이 일었고 흙먼지와 복숭아꽃잎이 가람을 휘감았다.

8

서쪽 벼랑에서의 결투

공탁과 득보는 쉬지 않고 달리다 곧 지치고 말았다. 더 뛰고 싶어도 몸이 말을 듣지 않았다.

"도련님. 이걸 써 볼까요? 꽁지새가 준 깃털이요. 서쪽이 어디죠?"

거친 숨을 몰아쉬는 공탁에게 득보가 깃털을 내밀었다.

"저기 저 큰 바위가 보이는 방향이야. 바닷바람이 불어오는 곳."

득보가 꽁지새의 깃털을 서쪽으로 세 번 휘저었지만 아무 일도 일어나지 않았다.

"속았나 보다. 아무 일도 일어나지 않네."

"도련님은 속고만 사셨나. 좀 기다려 봐요."

득보가 다시 서쪽을 보고 깃털을 휘젓자 저 멀리 꽁지새 떼가 나타났다. 새들은 긴 꽁지 깃털을 엮어 편안한 자리를 만들었다. 득보가 올라타자 순간 휘청했지만 이내 균형을 잡았다. 공탁과 득보는 순식간에 날아 바다가 보이는 벼랑에 도착했다. 그때 누군가 새들을 향해 요괴환을 마구 던졌다. 바로 엽주였다.

"어이! 도련님. 요괴는 잡았나? 으흐흐."

엽주는 공탁을 보고 비열하게 웃었다.

"제 그림을 돌려주세요."

"무슨 그림? 아, 이거? 자, 여기 있으니 와서 가져가라."

엽주가 순순히 그림을 내밀었다. 공탁은 천천히 다가가 그림을 잡았다. 그때 갑자기 엽주가 그림을 잡아당겼다. 공탁은 힘없이 끌려가면서도 끝까지 그림을 놓지 않았다. 엽주가 공탁의 팔을 거세게 붙잡아 내동댕이치자 공탁이 바닥에 내리꽂혔다. 공탁이 쓰러지면서 그림은 허공으로 날아갔다. 엽주의 얼굴이 붉으락푸르락했다. 흰자위가 다 드러날 만큼 눈을 크게 뜨고 끔찍한 괴성을 질렀다.

"감히! 겁도 없이 나한테 덤벼? 이 엽주에게!"

그때 득보가 달려와 엽주의 뒤통수를 나뭇가지로 힘껏 내려쳤다. 엽주는 표정 하나 변하지 않았다. 오히려 더 으르렁거리며 득보를 비웃었다.

"흐흐, 가소로운 것. 개미가 내 뒤통수를 간지럽혀도 너보다 낫겠다, 이놈아!"

엽주의 허리띠에 매달린 요괴환이 형형색색으로 빛났다. 여러 요괴의 힘이 더해져 엽주는 전보다 더 기고만장했다.

엽주가 팔을 휘두르자 거센 회오리바람이 일었다. 흙먼지로 눈을 뜰 수가 없었다. 공탁은 복숭아나무 목검을 잡고 천천히 일어났다. 그러고는 눈을 감은 채 손끝 감각에 집중하며 흙먼지가 가라앉기를 기다렸다. 뿌연 먼지 사이로 엽주의 허리띠가 찬란히 빛났다. 공탁은 달려가 허리띠를 단번에 잘라 냈다.

"으악!"

엽주의 얼굴에 가득했던 웃음기가 순식간에 사라졌다. 엽주는 바위처럼 굳은 표정으로 공탁에게 성큼성큼 다가갔다.

허리띠를 자르며 뒤로 벌렁 넘어졌던 공탁은 무섭게 다가오는 엽주를 피하려 두 팔로 슬금슬금 물러났다. 순간 땅바닥을 짚던 오른손이 허공을 휘저었다. 뿌연 바다 안개로 보이지 않던 곳, 공탁이 닿은 곳은 바로 서쪽 바다로 떨어지는 벼랑 끝이었다. 공탁은 더 물러설 수 없었다. 목검도 저 멀리 날아가 버렸고 득보도 보이지 않았다.

"괘씸한 놈. 잡아 오라는 요괴도, 도화도 못 잡은 주제에! 아무짝에도 쓸모없는 녀석 같으니라고!"

아슬아슬하게 벼랑 끝에 몰린 공탁을 바라보며 엽주가 소리를 질렀다.

"내가 너 같은 줄 알아? 인간한테 해를 끼치지 않는 작고 약한 요괴까지 잡아가는 이 나쁜 놈아!"

"잘 알고 있군. 네가 방금 날려 버린 요괴환을 물어내려면, 서라벌에서 제일 화려한 너희 집과 그 집에 가득한 금은보화를 다 더해도 모자라. 네가 죽을 때까지 내 밑에서 일한다고 하면 한번 봐줄까 생각해 보지. 이제 무릎 꿇고 잘못했다고 빌어라."

"헛소리하지 마! 그럴 일은 절대 없으니까!"

"그렇다면 하는 수 없군. 난 자비를 베풀었는데 그걸 거부한 건 공탁, 네놈이라는 걸 기억해라."

엽주는 단검을 손에 들고 쓰러진 공탁을 향해 천천히 다가갔다. 공탁은 뒤를 돌아보았다. 달빛에 비친 서쪽 바다는 잔잔했지만 끝이 보이지 않아 까마득했다. 엽주는 야비하게 웃으며 한 발 한 발 다가왔다. 공탁은 자기도 모르게 뒤로 물러나며 왼손을 뒤로 뻗었고 순간 몸의 중심이 무너졌다. 공탁은 벼랑 아래로 떨어졌다. 뿌연 바다 안개 사이로 자신을 내려다보는 엽주의 얼굴이 어렴풋하게 보였다.

풍덩-

물속에서 바라보는 푸른 보름달이 부유스름하게 반짝였다. 공탁은 떨어진 높이만큼 아래로 가라앉았다. 발버둥 치며 수면 위로 올라가려고 애썼지만 숨이 한계에 다다랐다. 마지막까지 발장구를 치던 공탁의 코와 입으로 물이 쏟아져 들어왔다. 공탁은 매캐한 감각을 강하게 느끼며 점점 의식을 잃어 갔다.

그 순간, 바다 아래에서 커다란 공기 방울이 두둥실 떠올라 공탁을 감쌌다.

"푸!"

공기 방울 안으로 들어온 공탁이 물을 한꺼번에 내뱉었다. 거칠게 심호흡하며 온몸에 산소를 다급하게 보냈다. 공기 방울은 일어서면 정수리 끝에, 양팔을 뻗으면 손끝에 닿을 정도의 크기였다.

잠시 후 금빛 물고기 떼가 나타나 공기 방울을 에워쌌다. 물고기들은 공놀이하듯이 주둥이로 공기 방울을 툭툭 쳤다. 공기 방울은 물속에서 데굴데굴 굴러갔다. 처음에는 공탁도 함께 굴렀지만 이내 요령이 생겨 통통거리며 제자리에서 뛰었다. 물고기들은 공탁의 행동이 우스웠는지 빠끔빠끔 물거품을 만들었다.

공기 방울이 해수면에 다다르자 물고기들이 순식간에 사라졌다. 공기 방울은 바다 위에서 넘실댔다. 공탁은 사방을 둘러보았다. 컴컴한 바다와 하늘, 커다랗고 푸른 보름달만 보였다. 잔잔한 파도가 공기 방울을 조금씩 조금씩 밀어냈다. 이윽고 공기 방울은 자갈이 깔린 해안가에 닿았다.

"아, 여기서 어떻게 나가야 하지?"

공기 방울은 자갈에 쓸려도 터지지 않았다. 손톱으로 구멍을 내려 해도 흠집 하나 나지 않았다. 몸을 뒤로 했다가 앞으로 훅 달려 바위에 부딪혀도 소용없었다.

"조금 뒤로 가 봐. 공기 방울이 굴러가지 않을 정도만."

등 뒤에서 반가운 목소리가 들렸다. 공탁은 목소리가 들리는 쪽으로 고개를 돌렸다. 가람이었다. 푸른 눈동자가 더 진하게 반짝일 뿐 가람은 변한 게 없었다.

"가람이 너, 아직 봉인이 안 풀린 거야?"

공탁의 물음에 가람은 대꾸하지 않고 손을 뻗었다. 가람의 손이 공탁의 얼굴을 쓰다듬을 듯 가까이 다가왔다. 순간 공탁의 얼굴이 붉게 물들었다. 가람이 웃으며 공기 방울을 더듬거리자 손끝에 무언가 닿았다. 그것을 툭 떼어 내자 뽁 하는 소리를 내며 공기 방울이 허무하게 터졌다.

공탁도 함께 푹 쓰러졌다가 벌떡 일어나 가람에게 다가갔다. 가람은 말없이 소매를 걷어 올렸다. 그러고는 팔을 내밀어 공탁에게 푸른 비늘을 보여 주었다. 손등부터 어깨까지 푸른 비늘로 가득 덮여 있었다.

"이, 이게 뭐야?"

"내가 용왕의 손녀라는 증거. 이걸 엽주 아저씨가 주술로 봉인한 거야."

"너에게 걸린 주술을 풀었구나! 다행이야. 네가 날 구한 거야?"

"너 떨어지는 거 보고 다급하게 비늘을 하나 뽑아 바다로 던졌거든. 더 크게 만들었어야 했는데 딱 맞는 크기가 됐네. 아무튼, 무사해서 다행이야."

"득보! 득보가 저 위에 있어. 득보가 위험할 거야. 득보를 구해야 해."

공탁은 퍼뜩 정신을 차리고 낭떠러지를 올려보았다.

"그래. 얼른 가 보자."

"어, 어떻게 올라가지?"

"나를 잡아. 멀미하지 않으려면 꽉 잡아야 할 거야!"

공탁이 가람의 팔을 잡았다. 가람은 심호흡을 크게 하고 무릎을 굽혔다가 펴며 위로 뛰어올랐다. 단 한 번의 도약으로 절벽 위에 도착했다. 득보, 꽁지새, 생쥐 요괴들이 엽주와 얽히고설켜 싸우고 있었다.

수세에 몰린 엽주가 다급하게 도망치자 그 앞을 공탁과 가람이 막았다. 어느새 공탁은 목검을 찾아 손에 쥐고 있었다.

"억지로라도 검술을 배워 둔 보람이 있네."

공탁의 말에 목검이 대답이라도 하듯 윙윙 소리를 냈다. 목검 소리에 급히 도망가던 엽주가 자리에 우뚝 멈춰 섰다.

"얍!"

공탁이 소리를 지르며 재빨리 달려가 엽주의 허벅지를 내리쳤다.

"으악!"

엽주가 바닥에 주저앉았다. 조금 전과는 정반대로 공탁이 엽주에게 목검을 겨누며 한 걸음씩 다가갔다. 엽주는 허벅지를 부여잡고 조금씩 물러섰다. 엽주를 벼랑 끝으로 몰아가던 공탁이 걸음을 멈추었다.

"나는 당신과 달라. 가람이한테 주술을 걸고 거짓말로 속인 것, 그동안 당신이 잡은 수많은 요괴에게 한 짓까지 모두 다 사과해. 진심으로! 그러면 용서해 주겠어. 지금이라도 늦지 않았어. 죄를 뉘우치라고!"

"진심으로 미안하다…… 라고 할 줄 알았냐? 바보 같은 놈! 그리고 가람이 너! 내가 너를 어떻게 돌봐 줬는데! 은혜를 원수로 갚아? 이 괘씸한 것!"

엽주가 주머니에 하나 남았던 요괴환을 가람에게 던지며 소리쳤다. 가람은 비늘이 덮인 손등으로 요괴환을 쳐 냈다. 요괴환이 산산조각이 나 땅으로 흡수되자 새싹이 새카맣게 타 재가 되었다. 엽주의 눈알이 희번덕 돌아갔다. 엽주는 온몸을 부들부들 떨며 가람에게 다가갔다. 공탁이 막아섰지만, 화가 난 엽주를 혼자 상대하기에는 버거웠다.

가람은 서둘러 비늘 하나를 뽑은 뒤 눈을 감고 중얼거렸다. 그러고는 비늘을 벼랑 아래로 떨어뜨렸다. 비늘이 마치 복숭아꽃잎처럼 팔랑거리며 바다에 떨어지자 잔잔하던 물결이 갑자기 출렁였다. 그 순간 바다에서 거대한 무언가가 튀어 올랐다. 깊은 바닷속에 사는 거대 메기였다. 메기는 커다란 입을 벌리고 고개를 좌우로 거세게 흔들었다. 긴 수염이 엽주를 격렬하게 휘감았다. 가람은 비처럼 흩어지는 바닷물을 고스란히 뒤집어쓴 채 멍하니 메기를 쳐다보았다.

공탁이 재빨리 가람을 끌고 바위 뒤로 몸을 피했다. 득보도 상처 입은 꽁지새와 생쥐 요괴 두 마리를 품에 안고 바위 뒤로 숨었다.

엽주는 메기가 휘두르는 수염에 낚여 허공을 이리저리 날

았다. 갑자기 공탁이 바위 앞으로 달려 나갔다.

"당신을 죽게 내버려 둘 순 없어. 사과해야 해. 가람이한테, 불쌍하게 죽은 요괴들한테도! 나와 어머니를 헤어지게 만든 것도 사과해! 이렇게 죽으면 안 돼! 살아서 평생 죗값을 치러야 한다고!"

공탁이 엽주를 구하려고 목검을 힘껏 던졌다. 메기가 엽주를 꿀꺽 삼키기 직전, 목검이 메기의 수염을 반으로 잘랐다. 수염 끝에 대롱대롱 매달렸던 엽주는 목검과 함께 바다에 풍덩 빠졌다. 수염이 잘린 메기도 괴상한 소리를 내며 바닷속으로 돌아갔다. 메기가 사라지고 나서도 물보라는 한참이나 일었다. 공탁과 가람은 바다를 오랫동안 바라보았다.

어느새 푸른 보름달이 점점 저물어 갔다. 해가 뜨기 전, 가장 어두운 시간이었다. 어둠 속에서 가람이 공탁의 손을 잡았다. 저 멀리 동쪽에서 부유스레한 여명이 밝아 왔다.

9

끝이 아닌 이별

"도련님!"

득보의 목소리에 공탁이 뒤를 돌아보았다. 득보는 엽주에게 빼앗겼던 그림과 요괴환을 들고 있었다.

"난리 통에 용케도 찾았네."

"저 친구들이 찾아 줬어요."

득보가 생쥐 요괴 두 마리를 가리켰다.

"말린 도라지를 먹고 다 죽어 가던 가족이 살아났대요. 굳이 와서 은혜를 갚겠다고 하더니 같이 싸워 줬어요. 도련님, 제가요 사람으로 돌아왔는데도 생쥐가 말하는 걸 다 알아들어요. 신통력이 생겼어요! 저도 반은 요괴가 됐나 봐요. 그나저나 가람이 너 아까 손등에 때를 벗겨서 바다에 던진 거지? 그러면 당연히 용왕님이 화가 나지. 노한 용왕님이 널 잡아오라고 메기를 보낸 게 틀림없다니까. 너 대신 엽주 아저씨를 잡아간 거 아니야?"

공탁과 가람이 피식 웃었다. 가람은 소매를 걷어 푸른 비늘을 보여 주었다.

"이, 이게 뭔? 너 살갖이 왜……."

득보가 눈을 휘둥그렇게 뜨고 공탁과 가람을 번갈아 쳐다보았다.

"이제 가자. 도화님이 기다리실 거야. 나 때문에 기운을 많이 쓰셨어. 기력이 거의 다 떨어지신 거 같아."

가람이 비늘 하나를 뽑아 바닥에 툭 던지자 순식간에 멍석자리만큼 커졌다. 가람이 앞장서서 비늘 위에 올라앉았다. 그 뒤에 공탁이 올라섰다. 머뭇거리던 득보도 생쥐 요괴와 작별 인사를 나누고 올라섰다. 득보가 조심스레 발을 올리자마자 비늘이 공중에 붕 떠올랐다. 공탁이 휘청거리는 득보를 서둘러 붙잡아 앉혔다. 아이들은 비늘을 타고 도화가 기다리는 중앙 우물로 빠르게 날아갔다.

"우리가 도착할 때까지 별일 없으셔야 할 텐데……."

"괜찮으실 거야."

가람이 공탁의 어깨에 손을 올렸다.

"가람이 너는 뱀 요괴인 거야? 설마 네가 정말 용손은 아니지?"

득보가 불쑥 끼어들었다.

"용손, 맞아! 엽주 아저씨가 주술로 이 비늘을 안 보이게 한 거야. 다행히 도화님께서 봉인을 풀어 주셨어."

"요, 용의 자손님이 우릴 살린 거구나."

"새삼스럽게 님은 무슨."

"어, 저기 좀 봐!"

공탁이 가리킨 곳은 우물 옆 평상이었다. 꽁지새들이 모여 도화 옆을 지키고 있었다. 가람은 비늘을 요리조리 움직여 우물 옆에 무사히 내려앉았다.

"어머니! 괜찮으세요?"

공탁이 제일 먼저 달려 나갔다.

"곧 해가 뜰 거야. 내 걱정은 말고. 어서 가렴."

도화가 감았던 눈을 슬며시 떴다.

"함께 가요, 어머니. 서라벌에서 제일가는 의원을 만나면 기력을 되찾을 수 있을 거예요. 제발요."

"탁아, 내가 있을 곳은 여기란다."

도화는 희미하게 미소를 지으며 공탁의 손을 잡았다.

"하지만 어머니!"

공탁의 눈물에도 도화는 고개를 가로저었다. 공탁은 말없이 도화의 손을 꼭 잡았다.

"요괴도를 지켜 주어 정말 고맙다. 엄마는 이제 널 믿을 수 있어. 나는 네 마음속에 항상 있단다. 잊지 말아다오. 넌 자랑스러운 내 아들이야."

공탁은 눈물을 닦고 고개를 끄덕였다. 그때 주머니에서 요괴환이 찬란하게 빛났다.

"참, 요괴환에 갇힌 이 요괴들은 어찌 되나요?"

공탁이 형형색색의 요괴환을 내밀자 득보도 대장 생쥐 요괴가 갇힌 요괴환을 슬쩍 밀어 넣었다.

"지금은 좀 힘들지만 해가 뜨면 내 도력이 돌아올 거야. 그때 모두 제자리로 되돌려 놓으마. 걱정하지 말아라. 얘들

아, 지금이 해가 떠오르기 직전, 가장 어두운 시간이란다. 동이 트면 요괴도는 다시 바닷속으로 가라앉을 테니 너희는 어서 집으로 돌아가는 게 좋겠구나. 탁아, 이거 받으렴."

도화는 품 안에서 보자기에 곱게 싼 물건을 꺼냈다.

"열세 번째 생일 선물이야. 널 생각하며 준비했단다."

"이게 뭐예요?"

"집에 돌아가서 열어 보렴. 선유댁이 잘 사용하도록 도와줄 거다."

공탁은 선물을 품 안에 소중히 넣고 도화를 꼭 안았다.

"가람아, 너는 이제 바다로 가는 거야? 아니면 다시 서라벌로?"

득보가 가람의 손등을 보며 말했다.

"글쎄, 어디로 갈까?"

"엽주 아저씨가 없는 서라벌은 이전보다 더 살 만하지 않을까? 같이 돌아가자. 우리 도련님은 마음이 넓어서 네가 갈 데가 없다고 하면 같이 살게 해 줄 거야."

"오, 그래? 그럼 일단 서라벌로 다시 돌아가 볼까?"

가람의 말에 득보의 입꼬리가 슬슬 올라갔다.

"어머니, 우리 이렇게 헤어지는 거예요? 다시 만날 수 있 겠지요?"

공탁은 도화의 손을 놓지 못했다.

"그럼. 이번 이별이 완전한 끝은 아니란다. 부디 잘 수련 해서 약한 이들을 보호하는 사람이 되거라. 엽주도 처음에는 요괴를 괴롭히는 사람이 아니었어. 자꾸자꾸 자라나는 욕심 이 엽주를 악하게 만든 거야."

"저는 누구를 보호할 능력이 없어요. 저 혼자서 뭐 하나 제대로 하는 게 없는걸요."

"너 자신을 먼저 보듬고 사랑하면, 주변 이들에게도 그 사 랑을 나누게 될 거야. 급하게 생각하지 말아라. 푸른 보름달 이 뜰 때 다시 만나자. 알겠지?"

"푸른 보름달은 언제 다시 떠요?"

"칠 년 후란다. 그런데 또 모를 일이지. 갑자기 네 방에 새 로운 그림이 생겨 새로운 요괴도에서 만날 수도 있고. 언제 가 되든 우린 다시 만날 거야. 꼭!"

도화는 환하게 웃으며 공탁을 꼭 안고 등을 토닥였다.

보름달이 사라지고 있었다. 가람과 득보가 어머니와 헤어

지기 힘들어하는 공탁을 억지로 끌어당겼다. 도화도 애써 공탁을 밀어냈다. 아이들은 꽁지새들이 깃털로 만든 자리에 올라가 앉았다. 꽁지새들이 하늘로 날아올랐다. 우물 옆 복숭아나무에서 떨어지는 꽃비가 도화를 휘감았다. 도화는 계속 손을 흔들었다. 공탁도 도화가 보이지 않을 때까지 손을 흔들며 눈물을 흘렸다.

"너무 슬퍼하지 마. 네 덕분에 도화님과 요괴도가 무사한 거야."

"그럼요, 도련님. 또 만날 수 있다고 하셨잖아요."

가람과 득보가 공탁의 어깨를 토닥였다.

아이들은 순식간에 요괴도의 남쪽, 섬 어귀에 도착했다. 무지개 모양 복숭아나무에 꽃비가 여전히 흩날렸다. 문지기 바위도 그 자리에 그대로 있었다. 육지를 향해 난 자갈길에 점점 바닷물이 차올랐다.

꽁지새들이 아이들을 내려 주고는 순식간에 흩어졌다.

"저기, 용손님아. 우리 비늘 멍석을 타고 가면 안 될까?"

득보가 가람을 툭툭 치며 말했다.

"지금 팔에 힘이 안 들어가. 기운을 너무 많이 썼어. 야!
비늘 하나씩 뽑을 때마다 얼마나 아픈 줄 알아?"

"아, 알았어. 그냥 가자. 그냥 가."

해가 점점 떠오르고 있었다. 육지와 요괴도를 이어 주었던
자갈길이 절반이나 물에 잠겼다. 가람이 먼저 물속으로 발을
넣었다. 득보는, 머뭇거리며 뒤를 돌아보는 공탁의 손을 잡
고 물속으로 한 걸음 내디뎠다. 어느새 바닷물이 어깨까지
차올랐다. 아이들은 물살을 헤치며 겨우겨우 나아갔다.

마침내 육지에 도착했을 때 해는 이미 동쪽 하늘 위로 불
쑥 올라온 뒤였다. 공탁이 황급히 뒤를 돌아봤지만 요괴도는
흔적도 없이 사라졌다. 공탁은 기운이 빠져 해안가에 털썩
주저앉았다.

그때 달그락거리는 말발굽 소리와 큰 소리로 누군가를 부
르는 목소리가 들렸다. 공탁의 아버지가 앞장서서 사람들을
이끌고 해안가로 오고 있었다.

"공탁아!"

"아, 아버지."

공탁은 아버지의 눈썹이 한껏 치켜 올라갔으리라 생각하고 자리에서 엉거주춤 일어났다. 하지만 아버지의 눈썹은 올라가 있지 않았다. 오히려 아래로 축 처져 있었다.

"다친 데는 없느냐?"

"네? 네."

"네가 여기 있을 거라고 선유댁이 알려 주었다."

"네? 선유댁이요?"

"그래, 그동안 네 어머니 생사를 확인하는 정도는 선유댁을 통해 알 수 있었다. 하지만 얼마 전부터 선유댁이 입을 닫아 버렸어. 네 어머니가 부탁했겠지. 너를 속일 생각은 없었어. 다만 공탁이 네가 어머니처럼 되지 않길 바랐단다. 그래서 너한테 어머니에 대해 말하지 않았던 거야. 흠, 그동안 서라벌에서 엽주라는 자와 저 파란 눈을 가진 아이가 어떤 일을 벌였는지 전해 들었다."

아버지가 차가운 눈빛으로 가람을 바라보자 공탁이 가람의 앞을 스리슬쩍 막아섰다.

"이 아이의 이름은 가람이에요. 엽주 아저씨한테 속아서 평생 이용만 당했어요. 사실, 가람이는……."

가람은 공탁이 자기 정체를 말하려 하자, 공탁의 옷자락을 잡아당겼다.

"무사하니 되었다. 일단 집으로 돌아가자."

지친 아이들이 수레에 올라탔다. 덜컹거리는 수레 안으로 막 떠오른 태양 빛이 가득 들어왔다. 아이들은 서로를 바라보다가 누가 먼저랄 것도 없이 스르르 눈을 감았다. 집으로 돌아간다는 안도감과 따듯한 햇살이 어떤 이부자리보다 편안했다.

10

요괴 수호자들

요괴도에서 돌아온 후 공탁은 며칠 동안 잠에서 깨어나지 않았다.

"도련님이 요괴도에 다녀왔다며?"

"그럼 마님이 요괴라는 소문이 사실이야?"

"그건 나도 모르지. 그나저나 도련님은 왜 못 깨어나는 걸까? 요괴도에 영혼을 두고 나온 거 아니야?"

"그럼 몸만 빠져나온 거야? 아이고, 우리 나리 어쩌냐."

"그런데 선유댁은 아무렇지도 않나 봐. 그렇게 애지중지하던 도련님이 며칠을 누워만 있는데 오히려 태평하던데?"

하인들이 공탁의 방 앞을 지날 때마다 수군거렸다.

"이것들이! 쓸데없는 소리 하지 말고 어서 가서 일들 해! 우리 도련님은 곧 깨어나실 거니까 속닥거리지 말고! 나리한테 다 일러바칠 거야."

어디선가 선유댁이 빗자루를 들고 나타났다.

"아이고, 무서워라. 알았어요. 알았어. 입 다물면 되잖아."

요괴도에서 돌아온 지 나흘이 되던 날 아침, 잠잠하던 공탁의 방에서 마침내 기침 소리가 들렸다.

"큼큼, 밖에 아무도 없어?"

"도련님!"

선유댁이 방문을 벌컥 열고 뛰어 들어왔다. 살면서 처음 본 선유댁의 모습이었다.

"서, 선유댁. 왜 그래?"

"나흘이 지나도 깨어나지 않으시면 아주 독한 약초를 쓰려 했어요. 문제는 약초가 너무 독해서 손가락 사이가 개구리처럼 붙어 버리거나 코가 파래지는 부작용이 종종 있거든요. 아무튼, 이리 깨어나셔서 정말 다행입니다."

"득보랑 가람이는?"

"걔들은 괜찮죠."

"괜찮다고? 나는 며칠을 못 깨어났는데?"

"득보는 요괴 쥐가 되었다가 돌아와서 괜찮은 듯하고, 가
람이는 인간이 아닌 걸 도련님도 아시잖아요."

"꿈이 아니었어."

공탁은 갑자기 온몸에 기운이 빠져나가는 게 느껴졌다.

어느새 하인이 밥상을 들고 방으로 들어왔다. 선유댁이 숟
가락을 들 힘도 없는 공탁에게 조금씩 조금씩 죽을 먹였다.

"선유댁은 어머니랑 그동안 어떻게 연락한 거야? 왜 나한
테 말하지 않았어? 내가 어머니를 그리워했다는 걸 알면서!"

선유댁이 눈짓으로 하인을 밖으로 내보냈다.

"도련님을 돌봐 달라고 마님께서 당부하셨어요. 실은 저
도 요괴랍니다."

"뭐라고? 완전한 사람의 모습인걸?"

공탁이 놀라며 선유댁의 팔을 잡고 이리저리 살폈다.

"마님께서 사람의 모습으로 살아가게끔 해 주신 거죠. 전
변신을 못 하는 요괴거든요. 평소 마님은 숲속에 버려진 아
기를 거두어 돌봐 주셨어요. 저는 아기의 눈물을 머금은 땅

에서 생긴 흙 요괴랍니다. 저와 마님은 꽃향기나 풀씨로 소식을 주고받을 수 있어요. 마님께서 도련님이 자라는 모습을 보실 수 있게 도련님 방에 하루도 빠지지 않고 꽃과 나무를 둔 거죠."

"아, 그럼 어머니는 계속 나를 지켜보셨던 거구나."

"그럼요. 당연하죠. 에구머니나, 손에 힘을 주시는 걸 보니 기력이 점점 돌아오나 봅니다. 좀 더 쉬세요. 준비해 둔 탕약을 가지고 올게요."

선유댁이 방을 나가고 공탁은 남은 죽을 싹싹 비웠다. 배가 부르니 요괴도에서 보낸 하룻밤이 더 까마득히 느껴졌다.

요괴도로 들어가는 길을 알려 주었던 그림은 원래 자리에 다시 걸려 있었다. 공탁은 이부자리에서 일어나 그림 앞으로 천천히 다가갔다. 가장자리가 물에 젖었다가 말랐는지 꾸깃꾸깃했고 흙먼지와 손때가 잔뜩 묻어 있었다. 그림을 보니 요괴도에서 보낸 시간은 꿈이 아니었다. 푸른 보름달과 달빛이 비치는 섬 중앙에 어머니를 뜻하는 글자, 花(꽃 화)가 적혀 있었다. 공탁은 가만히 그 글자를 쓰다듬었다. 손끝에서 시작된 저릿한 기운이 몸 안으로 밀려들었다.

요괴도를 떠나기 전 어머니가 준 선물이 생각났다. 공탁은 방 안 이곳저곳을 살펴보았다. 선물은 보자기에 싸인 채로 작은 선반 위에 놓여 있었다. 공탁은 자리에 앉아 조심스레 보자기를 열었다. 복숭아꽃 향기가 훅 났다. 어머니의 향기였다. 선물은 바로 붓이었다. 공탁은 종이를 꺼냈다. 숨을 가다듬고 요괴도에서 겪은 일을 떠올리며 붓을 들었다. 공탁의 붓놀림에 순식간에 나무 요괴와 넝쿨 손이 종이 위에 생생하게 나타났다.

그때, 방문이 열리고 가람과 득보가 뛰어 들어와 공탁을 와락 끌어안았다. 공탁은 슬금슬금 올라가는 입꼬리를 억지로 끌어 내리며 짐짓 목소리를 깔았다.

"무엄하다. 도련님 방에 무작정 뛰어들다니!"

"도, 도련님? 저 득보예요. 알아보시겠어요?"

"푸하하, 장난이야."

엄숙한 표정을 하던 공탁이 갑자기 웃음을 터뜨렸다.

"아이고, 놀랐잖아요. 괜찮으세요?"

"나흘 안에 깨어나지 않았으면 독한 약초를 쓸 뻔했대. 코가 파랗게 변할 수도 있었다니까."

"몸 좀 괜찮아졌으면 나가자. 같이 갈 데가 있어."

가람이 공탁이 그린 그림을 유심히 바라보며 말했다.

"우리를 또 속이고 요괴도로 데려가는 건 아니겠지?"

득보가 눈을 가늘게 치켜떴다. 가람은 대답 대신 해맑게 웃기만 했다.

"그래, 가자! 바깥 공기가 필요해."

공탁은 붓을 다시 보자기에 싸서 품 안에 넣고 자리에서 일어났다.

가람을 따라 한참을 걷다 보니 대나무가 바람에 흔들리는 스산한 소리가 들렸다. 도착한 곳은 엽주의 집이었다.

"여, 여기는? 결계는 없어진 거야?"

득보가 앞에서 걷던 가람의 팔을 잡았다. 공탁도 걸음을 멈췄다.

"응! 이제부터 여기는 작고 약한 요괴를 보살피는 보호소가 될 거야."

"요괴를 보살피는 보호소?"

"너도 봤지? 엽주 아저씨가 얼마나 무자비하게 죄 없는 요괴를 잡고 죽였는지. 도화님 혼자서 요괴들을 지키기가 얼마나 힘들겠냐. 이제 서라벌에 사는 요괴라도 우리가 지켜야 하지 않겠어? 나는 그동안 요괴들이 어디에 있는지 엽주 아저씨한테 일러바쳤던 걸 사죄하면서 살 거야. 그땐 그게 나쁜 일인 줄 정말 몰랐거든."

"그래. 내가 요괴가 되어 보니까 알겠더라. 엽주 아저씨 같은 요괴 사냥꾼이 진짜 무섭더라고."

득보가 힘주어 고개를 끄덕였다.

"네 생각은 어때?"

가람이 공탁을 바라보며 물었다.

"나한테 시간을 좀 줘. 지금 당장은 내가 할 수 있는 일이 없어서."

가람과 득보의 이야기를 듣고만 있던 공탁이 머뭇거렸다.

"시간이 얼마나 필요한데?"

가람이 입술을 삐죽 내밀었다.

"닷새만 줘. 그때쯤이면 나도 조금은 도움이 될 수 있을 거야."

"그래. 그동안 너랑 나랑 이 집을 좀 치워 놓자!"

가람이 득보의 어깨에 팔을 얹었다. 득보의 억지스러운 표정에 한바탕 웃음이 터졌다. 아이들은 마주 보고 웃으며, 신분과 종족의 차이를 잊었다. 서로를 따뜻하게 보듬으며 마음을 나누는 진정한 벗이 되었다.

집으로 돌아온 공탁은 닷새 동안 방 안에 틀어박혔다. 가람은 요괴 보호소를 열심히 쓸고 닦았다. 득보도 종종 들러 가람을 도왔다. 득보는 힘든 일을 할 때면 가람에게 신묘한 힘을 써 보라고 닦달했지만, 가람은 능력을 쓰지 못했다. 비늘을 쓰다듬고, 뽑아 보고, 날려도 봤지만 아무 일도 일어나지 않았다.

"왜 이럴까? 서라벌로 돌아온 후부터 힘이 사라졌어."

"너 혹시 용손이 아니었던 거 아냐? 아무리 봐도 뱀 비늘이라니까!"

"너 다시 생쥐가 되고 싶어? 아니면 메기 입속이 궁금해?"

"에이, 왜 그래. 농담이야, 농담. 근데 진짜 능력이 사라진 거야? 그럼 요괴도 알아보지 못하는 거야?"

"그건 아닌 거 같아. 어제 장터 포목점에서 보드라운 비단에 붙어 있던 요괴랑 인사했어."

"그럼 힘만 못 쓰나 보다. 헉, 혹시 여기가 엽주 아저씨 집이라 그런가? 엽주 아저씨가 돌아온 거 아니야?"

득보는 어깨를 움츠리고 사방을 두리번거리며 코를 킁킁댔다.

"득보야, 다시 생쥐가 되려고 그래? 왜 코를 킁킁거려?"

가람과 득보는 투덕거리며 마당을 쓸었다.

"도련님!"

잠시 허리를 펴고 먼 산을 바라보던 득보가 갑자기 눈을 커다랗게 떴다. 공탁이 선유댁과 함께 요괴 보호소로 오고 있었다. 돌을 골라내던 가람이 벌떡 일어났다. 아이들은 서로를 바라보며 환하게 웃었다.

"요즘 비가 안 와서 용손님이 바짝바짝 말랐구나."

선유댁이 가람의 등을 토닥였다.

"네?"

"에구, 마님이 너한테 말해 주는 걸 깜박하셨나 보네. 가람이 너는 용왕의 자손이라 물이랑 가까이 있어야 힘을 자유롭게 쓸 수 있거든."

"아, 그런 거였구나."

가람이 안도의 한숨을 내쉬며 웃었다. 공탁도 함께 웃으며 가람에게 종이 한 뭉텅이를 건넸다.

"이게 뭐야?"

"닷새 동안 밤낮없이 어머니가 주신 붓으로 수련했어. 이제 내 그림 속에서 요괴들이 안전하게 지낼 수 있어. 선유댁이 방법을 알려 줬고 난 연습을 거듭했지."

한 장 한 장 종이를 넘겨 보던 가람과 득보의 눈이 점점 커졌다.

"우아! 도련님 그림 솜씨가 보통이 아니네요. 이 새는 마치 살아 움직이는 거 같은데요?"

"어, 진짜 움직인다. 그림이 움직여! 아, 이건 그림이 아니구나!"

그림을 유심히 바라보던 가람이 말했다.

"역시 가람이는 눈치챌 줄 알았어! 사실 이 새는 선유댁이 발견한 요괴야. 크기는 개미만 하지만 엄연히 요괴 새라고 어찌나 화를 내던지. 너무 작아 친구들이 사람한테 밟혀 모조리 목숨을 잃었다지 뭐야. 평화롭게 날아다닐 수 있는 곳을 원해서 내가 그림을 그려 줬지."

공탁이 그림 속 요괴 새를 가리켰다.

"우아."

가람과 득보가 감탄을 내뱉었다.

때마침, 빗방울이 떨어지기 시작했다. 가람의 푸른 비늘이 돋아 올랐다. 가람은 소매를 걷고 비를 맞았다. 득보는 가람의 비늘을 보고 겁에 질려 공탁의 등 뒤에 숨었다가, 환하게 웃는 가람을 보고 싱겁게 따라 웃었다. 잔잔하게 내리는 봄비에 엽주의 집을 가득 채웠던 나쁜 기운이 다 씻겨 내려가는 듯했다.

텅 비었던 방에 그림이 걸렸다. 그림 속 요괴 새가 자유롭게 날았다. 그 모습을 보고 모두 흐뭇하게 웃었다. 공탁이 무언가 결심한 듯 자리에서 일어나 마당으로 나갔다. 이슬비가 내렸지만 신경 쓰지 않았다. 공탁은 가람과 득보가 가지런히

정리해 둔 대나무 울타리를 어루만졌다. 다 쓰러져 가던 대문도 수리가 잘 되어 있었다. 가람과 득보는 공탁에게 뿌듯한 미소를 보냈다.

공탁은 집 전체를 찬찬히 살폈다. 이윽고 대문 앞에 서서 품 안에 소중히 넣어 둔 붓을 꺼내, 빗물에 붓 끝을 적셨다.

요괴 보호소

공탁은 대문 옆 기둥에 한 글자씩 공들여 썼다. 글자 끝에서 무지개가 몽글몽글 피어올랐다. 도움이 필요한 요괴에게만 보이는 신묘한 명패였다.

"이제부터 여기는 요괴를 보호하는 곳이고, 우리는 요괴를 지키는 수호자야!"

아이들은 무지개 명패를 바라보았다. 요괴 보호소로 향하는 흙길 위로 아물아물 아지랑이가 피어올랐다. 어느새 봄이 왔다.

작가의 말

　여러분은 '처음' 하면 어떤 기억이 떠오르나요? 국어사전을 찾아보면 처음은 '시간적으로나 순서상으로 맨 앞'을 뜻한다고 나와요. 처음이라는 단어가 주는 설렘과 두려움, 호기심과 긴장감은 어른이 돼서도 사라지지 않아요.

　『요괴 수호자』는 제가 동화 작가가 되고 처음 쓴 판타지 장편 동화예요. 우연히 『삼국유사』를 들춰 보다가 만불산이라는 공예품을 알게 되었어요. 만 개의 불상을 아름답게 조각한 커다란 작품으로, 지금은 사라져 존재를 확인할 수가 없다고 해요. 만불산이 제 마음에 콕 박혀 맴돌았어요. 그리고 생각이 꼬리를 물었어요.

만불산과 반대되는 섬이 있다면?

그 섬에 요괴들이 산다면?

그런데 왜 요괴는 항상 나쁜 존재로 그려질까?

오히려 악한 사람들이 요괴를 이용하는 거라면?

약한 요괴를 돕는 방법은 뭐가 있을까?

꼬리에 꼬리를 무는 생각 끝에 공탁, 가람, 득보가 슬그머니 고개를 들었어요. 각기 다른 배경을 가진 세 아이가요. 아이들은 생김새도 다르고, 성격도 다르죠. 하지만 서로 힘을 모아 작고 약해서 이용당하는 요괴들 편에 섭니다.

각각의 주인공은 어리고 약하지만, 함께라면 절대 약하지 않습니다. 나쁜 마음을 품은 악당도 물리치고, 어려움에 처한 요괴를 도울 힘과 지혜를 발휘합니다. 요괴도에서 공탁은 자신의 숨은 능력을 발견하고, 가람은 자신의 정체성을 깨닫습니다. 배려심이 깊은 득보 역시 중요한 역할을 하죠.

이 이야기를 통해 어린이 여러분도 우리 주변에 있는 차별받고 소외된 존재에게 다정한 관심을 갖게 되기를 바랍니다. 그리고 우리는 모두 공탁, 가람, 득보처럼 무엇이든 경험

하고 성장할 수 있습니다. 세 주인공이 모험을 통해 진정한 자신을 발견하고 한층 성장한 것처럼, 이 이야기가 자신만의 보물섬을 찾는 지도가 되어, 세상에 여러분의 이야기를 잘 그려 내는 데 도움이 되길 진심으로 바랍니다.

여러분을 만날 수 있게 『요괴 수호자』를 선택해 준 서울문화재단과 소원나무 출판사에 감사의 마음을 담뿍 전합니다. 고맙습니다.

여러분의 모든 처음을 응원하는
동화 작가 윤혜경